KRAFT

MATTHIEU BIASOTTO

MERCI

À toi. Pour ce téléchargement. Pour ce que tu vas en faire. À ce lien que nous sommes en train de tisser à travers ce livre. À toutes celles et tous ceux qui me lisent. À cette hernie discale. Au soutien indéfectible de ma moitié et à sa confiance aveugle en mes capacités.

TABLE DES MATIÈRES

CE QUE TU DOIS SAVOIR AVANT DE COMMENCER

Je te tutoie, mais ce n'est pas par manque de politesse. Bien au contraire. C'est précisément en me considérant proche de toi que j'use de cette liberté. Je suis un indépendant, un électron libre proche de ses lecteurs. Avant de débuter je veux te dire ceci :

J'ai écrit Kraft en serrant les dents. Dans la douleur. Avec cette hernie discale m'obligeant à vivre au ralenti. Ce livre était pour moi une chance de garder le contrôle et de m'évader du quotidien. De balayer mes capacités réduites tout en continuant à créer. Je dois avouer que la perception des concepts est très différente sous morphine. C'est une expérience comme une autre. J'ai focalisé sur la vitesse, sur le contrôle, sur l'image. Un peu moins sur les personnages. Pour toutes ces raisons, ce roman est très différent de « Un jour d'Avance ». Mais il possède certaines qualités que je te laisse découvrir. Bonne lecture.

CHAPITRE 1

La fibre usée du parquet en chêne. Témoin d'une partie qui vient de s'achever. Mais pas exactement comme elle l'espérait. Une nuisette froissée en satin noir erre sur le plancher. Sa tenue légère, ornée de dentelles exquises. Celle achetée spécialement pour le faire craquer. Celle qui devait faire son effet. Juste à côté, se trouve une petite carte imprimée. Abandonnée à terre il y a quelques minutes. Le recto dévoile un cliché d'une plage sauvage. L'horizon, la vue depuis la Grande Côte. Le charme discret de la Charente-Maritime. Elle l'a fait imprimer quelques heures auparavant sur du papier glacé. Une sorte d'hommage à un amour ayant vu le jour il y a dix ans déjà. En mémoire aux bourrasques iodées face à l'océan démonté. Le souvenir suave d'un baiser sur le littoral. Leur innocence au bout d'un sentier. Les cœurs emplis d'espoir au crépuscule. L'élan candide qui les portait au-dessus de tout. Le désir ardent qui les dévorait et leur destin commun ouvert au champ des possibles.

Autour de la carte, quelques pétales de roses piétinés ici et là jonchent le parquet. Les bougies à la vanille répandent encore leurs lueurs intimes dans la chambre à coucher.

Ses pieds pâles et noueux rasent les lattes glacées. Au bord du lit en bataille, elle détend ses jambes blêmes et chétives. Les tibias couverts de bleus, les genoux abîmés, et les cuisses encore marquées de récentes ecchymoses. Son corps accablé de stigmates. Le tremblement perceptible de ses mains écorchées. Le jonc en or blanc oscille en suivant les mouvements compulsifs du poignet. Delphine peine à utiliser son téléphone. Trop émotive pour le manipuler correctement. Navigant péniblement de la boîte de réception vers les messages envoyés. Le brun glacé de sa chevelure effilée tombe sur ses épaules frêles. La gorge nouée. Les lèvres anémiées, gercées et sèches. Une déglutition amère et douloureuse.

Une larme s'écrase sur l'écran tactile. Puis une autre, déformant les pixels. Ses maxillaires crispés au point d'en user ses dents. Pour étouffer une nouvelle coulée de souffrance qu'elle ne saurait contenir.

Le téléphone qu'elle dépose sur le rebord du lit. Le bruit sec de la technologie heurtant le bois. Le visage émacié qu'elle essuie avec ses paumes. Avec la volonté de gommer les traces d'un échec de plus. D'un échec de trop.

Ses yeux émeraude, rougis par le désastre fixent la table de nuit. Un seau à champagne et sa bouteille de Veuve Cliquot. La rosée qui perle sur le verre frais. Un cigare cubain, deux flûtes et le réveil abîmé trônent là. Sur son cadran fissuré, il est 23 h 11. Tout est fini. Un immense gâchis. Toute une journée de préparatifs dédiée à cette soirée. Des pétales dispersés avec passion. Son Cohiba préféré, elle n'a pas oublié. De la dentelle pour l'aguicher. La peau douce pour le faire trembler. Du champagne pour le griser. Cette occasion élaborée rien que pour lui. Après des semaines sans se toucher, sans se regarder, sans vraiment se parler. Toute cette énergie consumée pour raviver la flamme. Celle qui autrefois, réchauffait leurs âmes et leurs chairs. Pour caresser l'espoir d'un second souffle. L'opportunité de vibrer à l'unisson comme aux premiers jours. Tout ça… Envolé. Le rêve d'une étreinte intense et incendiaire… Brisé. Il n'a fait aucun effort. Pas même aujourd'hui.

Est-ce l'antichambre de leur rupture ? L'aveu d'une aventure qu'il n'assume pas ? Ou bien un repli pathologique ? Prologue de la descente aux enfers d'un angoissé chronique ? Elle l'ignore. Quoi qu'il en soit, pour Delphine, c'est l'affront de trop. Une introversion consternante qui la force à concéder une lourde défaite. Abdiquer. Cette seule pensée l'anéantit. Effondrée pendant quelques secondes, elle se mouche et trouve la force de se ressaisir. Dans l'œil de la jeune femme, la tristesse fait place à la détermination. Elle doit prendre une résolution radicale diluée de regrets.

Derrière elle, assis à l'autre extrémité du lit, il est là. Nu, voûté. Prostré. Accablé. La tête prise entre les mains et rivée au sol. Alors, elle se redresse et s'empare de la nuisette d'une main. Et la petite carte de l'autre. Elle contourne le lit d'un pas décidé. Pour finalement se poster devant lui. Sans dire un mot. Le dévisageant avec insistance. Comme pour le défier une dernière fois. Espérant le pousser dans ses derniers retranchements. Attendant avec impatience le mot malheureux qui déclencherait les foudres de sa colère. Ou la réflexion hargneuse capable de les libérer tous les deux dans une ultime joute verbale. Qui sait, elle y aurait peut-être perçu une once de passion ?

Mais les secondes s'égrainent sans que son conjoint n'ait la moindre réaction. Apathique, amorphe, faible et résigné. Jusqu'à ce qu'une fêlure ne brise son masque. Toujours la tête lourde, il se met à sangloter broyé par l'affliction. Il ne manquait plus que ses larmes pour couronner le tout ! D'ici, elle ne voit que sa tignasse châtain qui tressaute au rythme des sanglots. Les circonstances sont navrantes. Mais elle le découvre pathétique.

Il faudra quelques instants de plus avant qu'il ait la force de lever les yeux vers elle. C'est une chose qu'il a du mal à faire depuis des semaines. Soutenir le regard. Du moins, soutenir son regard.

Timidement, du coin de l'œil, il observe sa plastique gracile et laiteuse. Les traces de coups que présente son corps. Ses bras décharnés. Sa petite poitrine et les trois grains de beauté qui ornent son buste. Elle, au contraire, sonde les yeux noisette encore humides de cet homme en perdition. À la recherche d'un signe. À la recherche de n'importe quoi. De la moindre lueur lui permettant de penser que… Elle détaille sa mâchoire carrée et sa fossette sur le menton, cet air rugueux et sa barbe de trois jours. Les petites rides au coin des yeux qui font son charme. Mais elle n'y distingue que cette mélancolie. Ce foutu vague à l'âme. Ce vide. Cette désolation qui enfle. L'humeur noire, diffuse et sournoise. Celle qui précisément la place sur la touche depuis quelques semaines.

Consternée de le voir sombrer dans les abîmes amers d'un spleen sans fond. Fatiguée de cette brume qui enveloppe les bas-fonds de leur couple. Excédée par l'ombre maussade qu'il est devenu. Elle ne peut plus. C'est devenu insupportable. Tout est terminé. Ce n'est plus son combat. Agacée, elle lui balance sèchement la carte en pleine figure. Et lui promet les dents serrées :

— Je vais pas assister impuissante à ta descente aux enfers. Tu m'entends ? Tu m'as assez vu. Je ne resterai pas une seconde plus ici.

L'ultimatum reste sans effet. Dans un silence intolérable. Elle se retourne vers la commode blanche et extirpe rageusement tout ce que contiennent les tiroirs. Toutes ses fringues qu'elle lance sur le lit. Excepté son déshabillé noir qu'elle enfile en quatrième vitesse.

Pendant ce temps, de sa main blessée, il rattrape la carte tombée sur ses genoux. Restant muet devant la photo du rivage.

Elle se rue sur le placard pour y déterrer un vieux sac de sport noir. Passablement échauffée, elle y enfourne le tas de vêtements. Compressant avec hargne le contenu à l'aide de son genou pour pouvoir le boucler. Le son de la fermeture éclair qui galope. Elle traverse la chambre sans se retourner. La porte claque. Sur les murs, rebondit alors l'écho du naufrage conjugal. Il sursaute. Puis ferme les yeux. Résigné. Totalement soumis. Il retourne la petite carte imprimée, pour y découvrir :

" Je suis ton premier cadeau. Bon anniversaire Gabriel. Je t'aime "

Gabriel craque. Frappé par la vague de désespoir qui l'accable. Son cœur se disloque, déchiqueté par cette délicate attention. Avec l'insoutenable sensation que tout est fini. Que tout est trop tard. Qu'il a tout détruit et que tout est de sa faute. Il se recroqueville sous le poids de la culpabilité pour pleurer comme un enfant blessé. Même aujourd'hui, il n'a pas été capable de… Il s'effondre, torturé par ses responsabilités manquées. Tout ça n'est pas normal. C'est elle qui a raison. C'est n'est pas vivable. Ni pour elle. Ni pour lui. Qui peut supporter de vivre avec un homme pareil ? Personne. Surtout pas Delphine. Elle mérite mieux. Bien mieux.

Il dépose la carte lentement sur la table de nuit. Puis contemple le placard encore ouvert. L'idée jaillit naturellement. Extrême. Létale. Mais il sera soulagé. Elle aussi d'ailleurs. Oui. C'est ça… Il n'y a rien d'autre à faire. Se libérer de ce mal-être. De ces angoisses incessantes sur l'existence. De ce poids qui l'entrave. Qui l'empêche de reprendre le contrôle de sa vie. Plus rien n'a vraiment de sens. À quoi bon continuer sans elle, maintenant qu'elle veut le quitter ?

Il ouvre le tiroir de sa tablette et s'empare d'un jeu de clés tout en fixant la dernière étagère du placard. Il se redresse. Retire les affaires et les vêtements entreposés tout en haut de la penderie. Sur la pointe des pieds, il atteint du bout des doigts une boîte en métal, vert bouteille. Toujours fermée sous clé, elle semble avoir des années. Une fois déposée délicatement à terre, il s'agenouille et caresse la surface poussiéreuse avec nostalgie. Gabriel déverrouille le cadenas et contemple un moment le contenu. Son acte de naissance, un état civil, un pendentif avec une bague. Il y a aussi ce vieux paquet de cigarettes, des Rothmans blondes et des babioles accumulées sans intérêts. Gabriel saisit le pendentif et le passe autour du cou. Tenant délicatement l'anneau avec nostalgie et une certaine mélancolie. Ce collier empli de souvenirs. De regrets. De rêves aussi. Il ne le porte qu'à de très rares occasions. Quand il touche vraiment le fond. Lorsqu'il est au pied du mur. Précisément comme ce soir.

Il tend alors sa main fébrile en direction de la boîte. Hésitant une seconde. Mais il se ravise. Gabriel s'essuie le visage et sèche ses larmes du revers du poignet. Puis il le fait. Il le fait vraiment. Entre ses doigts, son revolver. Cette arme à feu qu'il observe sous tous les angles. Espérant ne rien sentir lorsqu'il va en finir. Puis il prend une profonde inspiration. Pour sonder ce qu'il reste de son âme et de sa vie. Pour trouver le courage nécessaire. Les deux mains sur la crosse, il plaque le canon sur son front. De plus en plus fort. En plissant les yeux. En serrant les dents. Sur le point d'en finir. Mais la position le perturbe. Il n'y arrivera pas comme ça. Il change de posture. Ouvre la bouche. De cette manière, il y parviendra plus facilement. Il porte le canon sur sa langue. Lève la tête au ciel en sanglotant. Pour demander une dernière fois de l'aide, ou une quelconque clémence. Se demandant si Delphine lui pardonnera un jour. Sa main se contracte. Son doigt sur la détente également. Un cri étouffé par le calibre entre les dents. Pour se donner la force d'aller au bout. Pour accomplir ce que les lâches ont l'audace de faire. Ses paupières closes se plissent. Son visage se durcit. La respiration est rapide. Le pouls s'emballe. À en donner la nausée. La pression de son index sur la gâchette augmente dangereusement. Le revolver tremble avec la tension. Une larme signe l'apogée de son geste. Gabriel s'écroule contre le mur. Le calibre rejoint le parquet. Sa main se décrispe lentement. L'affliction le submerge. Même en finir… Même ça, il n'y arrive pas. Mais quelle espèce de minable peut s'…

— Gabriiieeel !

Le cri de Delphine. Toute la détresse dans son appel. Le retour brutal à la réalité. Celle qui met en évidence son atroce lâcheté. L'empêchant d'en finir ici et maintenant. Honteux du geste qu'il allait commettre, il jette l'arme dans la boîte métallique. Se relève d'un bond et traverse à son tour la chambre en galopant. Il déboule dans le couloir.

— Delphine ?

Il se précipite dans l'escalier plongé dans le noir. Imaginant tout et n'importe quoi. Dévalant les marches bruyantes qui mènent à la cuisine. Il se fige, glacé par la stupeur. Dans l'obscurité, des faisceaux de lampes torches balayent le salon.

— Delphine !

Il se rend jusque dans la pièce à vivre et se pétrifie. Ébloui par le violent halo de Maglites pointées sur sa figure. Les torches se baissent. L'œil s'adapte. Delphine est là, devant lui. Silencieuse. Terrifiée. Immobile. Debout, à côté de la télévision. Encerclée par trois individus armés et cagoulés qui se rapprochent d'elle. Des professionnels ? Tout en noirs, portant des gants. Une arme de guerre tenue par ce grand type baraqué qui en impose. Un fusil à canon scié dans les mains de celui qui traîne légèrement la patte. Enfin, le plus menu agite son flingue. Delphine semble paralysée par l'effroi. Lui. Elle. Ces hommes en noirs. Tous suspendus dans l'obscurité l'espace d'une seconde. Delphine tourne la tête en direction de Gabriel. Dans ses yeux, il distingue la terreur, la nervosité, des questions. Que veut-elle lui dire ? Elle chuchote la même chose plusieurs fois. Elle répète un mot en boucle. Il peut lire sur ses lèvres fades :

— In - sé - pa - ra - bles

Gabriel déglutit et prend la parole pour tenter de raisonner les ravisseurs :

— E… Écoutez… Ne faites pas ça… Ne lui faites pas de mal… On peut s'arranger… Prenez ce que vous voulez… L'argent… Les bijoux…

Les individus disposés en cercle autour de Delphine secouent la tête en silence. La réponse est négative. Visiblement il n'a rien compris. Le plus petit du groupe armé redresse son pistolet en direction de Delphine. Il la met en joue.

— Ne faites pas ça ! Je vous en sup…

Le coup part. Un éclair déchire la nuit. La douille s'éjecte. La fumée danse au ralenti autour de l'arme. La bouche de Delphine s'ouvre sous l'effet de surprise. La respiration coupée. L'impact du projectile éclatant sur sa poitrine. Le bruit du satin qui se déchire. La gerbe de sang. Les mains qu'elle appose sur la plaie. Le souffle douloureux qu'elle expire. Le sifflement d'un poumon perforé. Le bruit sourd lorsqu'elle tombe à genoux. Puis l'autre quand elle s'effondre face contre terre.

— Noooooooooooooooooooooon !

Deux enjambées pour bondir sur la table basse. Delphine. Lui porter secours. Il n'a que ça en tête. Dans son élan, il décoche une droite bestiale au premier homme armé qui s'interpose. En plein dans le nez. Avec cette rage qui le pousse à anéantir le moindre obstacle qui ose se dresser entre elle et lui. Mais un coup de crosse brutal sur la tempe stoppe Gabriel dans sa course. L'homme fort de la bande vient de le mettre KO. Il chute au centre du salon. Avant qu'il ne puisse se relever, sa tête reste plaquée au sol. Le visage écrasé avec force. Maintenu en respect par une chaussure militaire. D'ici, Gabriel aperçoit le premier individu qui se tient le visage. Mais aussi et surtout, Delphine qui rampe pour survivre. Foudroyée par une cartouche, elle agonise lentement. Il assiste totalement impuissant à sa respiration difficile. Privé de pouvoir la prendre dans les bras. Ses pleurs, la terreur. Son visage qui implore. Le filet de sang qui s'écoule des lèvres. Il devine ses yeux révulsés sous la souffrance abjecte qu'elle endure.

Le tireur s'incline au-dessus de la pauvre victime. Puis il fait feu une nouvelle fois. À bout portant. Le corps de Delphine sursaute. Son dernier cri de douleur. Le tintement de la douille qui rebondit au sol. L'ultime râle expiré à bout de force. Et le relâchement définitif. Gabriel se tord de douleur devant l'assassinat gratuit de sa femme. Il se contracte et hurle contre l'acte abject qui vient de détruire sa vie. Mais une nouvelle semelle vient broyer sa main déjà blessée, l'entravant un peu plus. Un troisième tir retentit. Conscience professionnelle ? L'exécution est terminée. Le sang se répand sous le corps inerte de Delphine. Ses yeux se ferment alors. Pour toujours. La vie s'éteint. S'évaporent avec elle, des dizaines de souvenirs et de promesses. Autant d'images qui fouettent l'âme de Gabriel en une fraction de seconde. Lorsqu'elle lui a pris la main face aux vagues un dimanche matin pour lui avouer ses sentiments. Sa chevelure dansant au gré du Noroît qui souffle sur la côte. Les éclats de rire qui s'élèvent au-dessus du sable. Lorsqu'ils s'enlaçaient tendrement sur la falaise calcaire, enveloppés par le coucher de soleil. Ses petites grimaces quand elle mangeait épicé. Ses reins dans la lumière du matin. Quand elle se cambrait pour se vêtir. Son éternel sourire, en toutes circonstances. Les étreintes sauvages lors des grands soirs. Les genoux qu'elle relevait sur le canapé devant un film. Leur première dispute à la montagne sous un déluge. Les fous rires. Les confidences. Leurs trajectoires inséparables. Tous ses regards qui signifiaient "Je serais toujours là". Les cris de joie sur le parvis de l'église. La finesse de sa robe de mariée. Les promesses qu'on ne fait qu'à une seule personne…

Arraché à ses souvenirs par l'instant présent. Gabriel est relevé de force. Ils se mettent à deux pour le redresser et le traîner en direction de la cuisine. Terrassé par le chagrin. Accablé par la haine. Il se débat, vocifère, menace et insulte. Sans jamais pouvoir quitter Delphine des yeux. Le ravisseur au nez abîmé approche en boitant légèrement. Puis assène un coup de coude rageur dans l'estomac de Gabriel pour le faire taire quelques secondes.

Le tireur extrait alors de la poche latérale de son treillis une petite plume bleu turquoise. Qu'il dépose avec délicatesse sur la poitrine de Delphine. Signant à la manière d'un psychopathe. Il rassemble les trois douilles pour les récupérer. Puis il dégaine à nouveau son arme. Traversant le salon, pour se précipiter sur Gabriel. L'homme en noir se jette sur lui, le braque et place le canon sous le menton. Les complices tiennent la tête de Gabriel en agrippant ses cheveux. Il ne peut plus bouger. Il fixe son bourreau droit dans les yeux. Pour le défier une dernière fois. Le visage tendu, il crache entre les dents :

—… Ne... Me rate pas. Moi je te raterai pas.

Sous sa cagoule, l'assassin reste impassible. Puis il fait un signe de la tête. Le plus balèze bloque davantage Gabriel. Le serrant bien plus fort encore. Le boiteux au nez cassé s'exécute. Il s'éloigne dans le salon. S'accroupit à côté du corps de Delphine. Trempe son gant dans le sang et revient aux abords de la cuisine. Il se fige devant la porte du frigo. Sur laquelle il marque en rouge du bout des doigts :

KRAFT

" L'enveloppe Kraft ?"

CHAPITRE 2

24 heures avant.
Royan - Palais des Congrès - 1er étage
Toilette pour homme 21 h 10

Au plafond, le spot blafard grésille se reflétant sur le granit poli. Les toilettes sont vides. La poignée en inox s'abaisse. La porte bordeaux s'ouvre sèchement. Gabriel pénètre comme soulagé. Puis referme lentement derrière lui. Adossé à la porte, il regarde en l'air. Un long soupir résonne dans la salle. Enfin seul. Il abandonne négligemment sa sacoche noire à terre qui heurte le sol. Dépasse légèrement de la pochette supérieure une enveloppe en papier kraft brun. Gabriel passe ses mains dans les cheveux. Puis il dénoue sa cravate et déboutonne le col de sa chemise pour respirer. Ouvrant un à un les box. Il veut s'assurer d'être seul. Avant de faire les cent pas devant l'enfilade de vasques. Incapable de contenir les premières larmes qui montent malgré lui. Il écrase son épaule contre le mur carrelé. De la poche de son pantalon, il retire du bout des doigts une feuille de papier pliée en quatre. Des résultats d'analyse sanguine qu'il défroisse. Hormonologie au nom de Delphine. Il dépose un regard d'une tristesse infinie sur ce foutu compte rendu. Le silence est brisé par la sonnerie de son téléphone mobile. Gabriel range le bilan hormonal pour parcourir ses poches à la recherche de l'appareil qui vibre. Un message reçu, c'est Fred.

"Pas de nouvelle depuis la conférence. Tout va bien vieux ?"

Il ne répond pas. Pas même à son meilleur ami. Qu'on lui foute la paix. C'est tout qu'il demande. Là, maintenant. Il se plante devant le miroir. Pose finalement les mains en appui de part et d'autre de la vasque. Examinant en silence son reflet dans la glace. Qui est ce déséquilibré dans le reflet ? Les yeux vitreux. Le teint livide. Pâle. Des poches sous les yeux qui font peur. Amaigris, c'est dingue. Limite flippant. Aigris. Gris tout court d'ailleurs. Tellement pathétique dans son costume. C'est écrit sur sa tronche qu'il n'est pas à sa place. Mais elle est où sa place exactement ? Qu'est-ce qui cloche chez lui ? C'est un résigné consentant… Peut-être. Une victime abattue… Sans doute. Un anémié blafard au bout du rouleau… De toute évidence. Tout simplement un raté… C'est certain. Mais ce qui le définit le mieux, c'est le froid. Il a froid à l'intérieur. Tout au fond de lui. Tout le temps et partout. Un soupir amer et il ouvre le robinet. Ses mains tendues sous l'eau glacée qui plaque sur le visage. Caché derrière ses paumes, il se laisse aller. À l'abri dans le creux de ses mains, il pleure. À grande eau. Blessé, désœuvré et désabusé. Avec cette sensation d'avoir perdu totalement le contrôle. Il renifle. S'asperge le visage pour se ressaisir. Surtout ne pas faire le bilan de sa vie. Surtout ne pas penser à son passé désastreux. Au grand vide affectif qui le ronge. À son boulot qui ne sert à rien ni à personne. À ses choix pas toujours judicieux. Et toutes ses banalités affligeantes qui font l'heureux quotidien des gens qu'il ne comprend pas. Un crédit trop gros. Pour une piaule insipide. Une vie très ordinaire et plate. Une existence sans but. Oscillant entre projets fades et petits tracas. Un monde artificiel dans lequel il se sent perdu et vulnérable. Ne pas penser à tout ça. Trop tard… À son entourage quasi inexistant. À son couple qui part à la dérive. À ses projets d'enfants qui…

Il craque. Il se déteste. Son poing se serre. Ses phalanges se blanchissent. Gabriel fracasse le miroir avec animosité. L'impact forme une imposante étoile d'éclats. Des morceaux de verres chutent dans le lavabo. Il recule. Examine sa main qui saigne. Puis contemple cette image brisée qui lui colle à la peau. Gabriel tombe à genoux. Prostré au centre de la pièce. Inconsolable. Gémissant sa détresse, sa fragilité, son désespoir. Frappé par l'idée qu'il n'est qu'une insignifiante merde se lamentant sur son misérable sort au beau milieu des chiottes. L'ironie du sort donne du sens à la situation. Alors il décroche un instant de la mélancolie. Au moins, ici, il est à sa place.

La porte bordeaux s'ouvre à nouveau. S'engouffre sur le seuil un air printanier qui gagne la pièce. Une odeur de bonbon à la mûre, un souffle d'ambre et de jasmin. Accompagnant une superbe jeune femme blonde. Fraîche comme une pluie d'été. Un regard turquoise vertigineux. Un sourire que l'on pourrait suivre à l'autre bout du monde. Habitée par une aura irrésistible. Avec sa sacoche à la main, elle est rayonnante. La lumière des toilettes s'en trouve même changée. De sublimes courbes moulées dans un tailleur noir. Comme un diamant dans son écrin. Sur l'échelle de l'humanité, elle est son parfait négatif. Elle dégage cette joie de vivre que l'on a envie de respirer à plein poumon. Cet aplomb dans le regard qui vous met à genoux. Elle est le jour, la lumière, le parfum délicat d'une fleur exceptionnelle. Lui n'est que le monochrome, l'ombre et la brume qu'on fuit comme la peste. Elle s'excuse :

— Les toilettes des dames sont HS. Je ne peux pas attendre. J'en ai pour 2 minutes.

Il n'ose même pas broncher. Trop honteux pour avoir envie de dire quoi que ce soit. Qui ne dit rien consent. Alors, elle avance. Ses jambes interminables passent au-dessus de Gabriel. Elle dépose sa mallette noire avant de se ruer sur les premières toilettes. La jeune femme s'empresse de baisser sa jupe, de faire rouler son shorty sur les genoux pour s'installer. Enfin libérée. Une seconde de flottement. Elle défigure Gabriel :

— Vous allez me bloquer en train de pisser ?

— Euh… Pardon ! Pardon ! Je suis désolé… Fermez la porte.

— J'ai presque fini ! Regardez ailleurs !

Interloqué, Gabriel se confond en excuse en se relevant. Quel genre de femme urine en laissant la porte ouverte face à un inconnu ? Il évite soigneusement de regarder dans sa direction. Profondément troublé, il s'attelle à nouveau face au robinet pour nettoyer sa main blessée.

— Ça vous arrive souvent de pleurer dans les toilettes ?

— Pardon ?

— Et votre main ? Une bagarre ? Un chagrin d'amour ?

— Je… Non… Je…

Le bruit de la chasse d'eau lui épargne de devoir s'expliquer. Les effluves de Jasmin l'enveloppent à nouveau, puis les extraits de mûre l'envahissent. Là tout près. Elle se pose à côté de lui en terminant de se fagoter correctement. Plantant son regard turquoise dans les yeux de Gabriel à travers la glace brisée. Elle le taquine :

— Au lieu d'exploser des miroirs, vous devriez sourire. La vie est belle.

Elle ouvre le robinet pour se laver les mains. Puis dégote un rouge à lèvres qu'elle applique avec soin histoire de réajuster son maquillage. Une fois retouchée la superbe blonde renchérit :

— Je suis certaine que vous avez un sourire magnifique.

Une caresse verbale qu'elle appuie d'un clin d'œil malicieux. Puis la porte bordeaux claque à nouveau. La jeune femme quitte la pièce comme elle est venue. Emportant avec elle l'odeur de mûre et ce petit rien qui venait d'électriser la pièce. Encore déstabilisé, Gabriel reste sans voix. Il était la grisaille et l'obscurité. Elle, la fraîcheur et la lumière. Songeant encore à cette heureuse rencontre, il sèche ses mains. Son téléphone sonne alors une nouvelle fois.

*"Réponds-moi S.T.P. C'est pour le dossier du port.
Tu as les plans ? Fred"*

Gabriel s'imagine le recontacter au calme, après avoir examiné le fameux dossier. Pris d'un doute à propos des esquisses de l'architecte, il attrape l'attaché-case noir qu'il dépose sur le rebord du meuble. Doit-il repasser au bureau ? Il faut qu'il vérifie. Il a du mal à y croire. Ce n'est pas normal. Pas de plans. Les dossiers ne sont pas là ! Son enveloppe… Disparue ! Il fouille nerveusement à l'intérieur. Des documents divers et quelques cartes de visite au nom de Sophia Pichon. Il se raidit. Redresse la tête. Tamponne la porte du point. Ce n'est pas la sienne. Elle a échangé les sacoches. L'enveloppe kraft vient de s'évanouir avec elle :

— Merde ! Quelle conne !

Il doit à tout prix remettre la main sur sa serviette. Il faut absolument retrouver cette fameuse Sophia. Gabriel se précipite au bout du couloir vide. Celui qui longe la mezzanine surplombant la salle de conférences principale. Son index appelle frénétiquement l'ascenseur. Il ne va pas être exhaussé. L'écran d'affichage indique le rez-de-chaussée. Elle va quitter le bâtiment. C'est une évidence, il n'a pas le temps. Elle détient ses dossiers et surtout son enveloppe kraft. Pas question qu'elle file. Direction les escaliers qu'il dévale en trombe. À la poursuite de la belle blonde, il traverse le vaste hall de réception dans lequel ses pas de course résonnent jusqu'à la porte de sortie. Il se retrouve sur le bitume dans l'obscurité de cette fin de soirée.

À droite, rien, à gauche le désert. En face, elle est là. Sous le porche des immeubles blancs de la résidence des Congrès. Dans la lumière orangée du lampadaire, elle marche vers une imposante berline noire qui semble l'attendre. Gabriel s'époumone. Mais elle grimpe à l'intérieur sans hésiter. La portière claque et la luxueuse Mercedes s'arrache dans le noir.

Il traverse la chaussée pour se ruer sur son Ford Ranger stationné sous les platanes. Le pick-up bleu recule nerveusement. Un crissement de pneus s'élève lorsqu'il prend la route. Prêt à suivre la Benz qui transporte Sophia et son attaché-case. Il s'engage face à la plage du Foncillon et longe le front de mer. La berline est droit devant. Remontant les boulevards Thiers à une allure inquiétante. Une chose impensable en haute saison. Mais ce soir la route est dégagée.

Pied au plancher, Gabriel suit du mieux qu'il peut. Son expérience de conduite se limite à se transporter quotidiennement au boulot. À ne pas avoir d'accident. À éviter les amendes. Mais ce soir c'est très différent. Les deux véhicules fusent le long du port de plaisance. L'obligeant à écraser la pédale de l'accélérateur pour rester en course. Les moteurs rugissent sur la route qui mène aux arcades. Sur les dos-d'âne, les suspensions sont mises à mal. La voiture de Sophia cherche à fuir par le centre-ville. Sur la grande esplanade, le feu passe invariablement au rouge. La calandre de la Mercedes plonge en bloquant ses pneus. Gabriel déboule juste derrière. Il tire le frein à main, ouvre la portière et s'apprête à descendre pour récupérer sa précieuse sacoche.

Mais la berline redémarre et grille le feu. Laissant sur le goudron, les traces d'une accélération fulgurante. Klaxons et appels de phares adressés aux malheureux véhicules qui croisent sa route. La bagnole franchit le carrefour et s'enfuit. Les choses deviennent sérieuses. Ce n'est plus une simple filature à grande vitesse. Tout ça prend des proportions inquiétantes sous des airs de rodéos. Gabriel repart à son tour pour prendre en chasse Sophia et son chauffeur. Porté par le feu de l'action, Gabriel passe les rapports rageusement afin de combler son retard. Mal à l'aise à grande vitesse, il garde toujours un œil sur la Mercedes au loin. Avec comme unique objectif, de ne surtout pas les perdre de vue.

Tout en augmentant son allure, le pick-up slalome entre les rares véhicules qui circulent au pas sur l'avenue. Dans l'habitacle on entend les mouvements d'air lorsqu'il frôle le trafic. Au volant, il ressent l'adrénaline et ses pulsations taper dans les tempes. Les voitures garées de part et d'autre de la chaussée défilent de plus en plus vite. Comme des taches colorées qui bordent la route. Un regard sur le compteur qui affiche 160 km/h. Il ne remarque pas le stop qu'il franchit. Surpris par le son de l'avertisseur qui fonce sur lui, Gabriel braque et pile le plus fort possible. Un grand bruit lorsque le rétroviseur s'arrache et éclate. Une manœuvre sur le fil qui lui sauve la vie. Il évite de justesse une collision fatale. À deux doigts de s'encastrer dans le camion dont il vient de griller la priorité. La berline trace au loin, il ne peut pas s'arrêter. Il ne peut plus reculer.

Les fuyards prennent à droite au dernier moment. Au bout de l'avenue Maryse Bastié, le Ford culmine à un train d'enfer. Les vibrations de la route crispent ses mains sur le volant. Ce qui l'obsède : récupérer le porte-documents et l'enveloppe. Alerte, bien concentré sur la route. L'œil affûté, focalisé sur la puissante Benz qui s'échappe loin devant. Où peuvent-ils se rendre avec autant de cran ? Gabriel pousse son moteur jusqu'au rupteur dans les artères de ville. Il le sait bien, l'avenue s'achève par un rond-point desservant les principaux axes de Royan. S'il prend trop de retard, il perdra leur trace. Ils pourront partir dans n'importe quelle direction. Tout sera foutu. Adieu la sacoche. Adieu l'enveloppe kraft.

Les feux de la berline traversent le carrefour, laissant sur la droite la station essence encore ouverte. Gabriel suppose que les fuyards veulent s'engager vers une voie rapide ou même l'autoroute. En haut de l'avenue de la libération, la Mercedes coupe l'intersection avec autorité sans une once d'hésitation. Une nouvelle fois en dépit du feu rouge. Dernier rond-point, devant le Mac Donald's, juste avant l'embranchement vers la départementale. Oppressé par le rythme de cette conduite suicidaire, le cœur de Gabriel est sur le point d'exploser. Une dernière courbe négociée en dérapant. Il se démène pour tenir la corde, mais le pick-up ripe vers l'extérieur, emporté par la vitesse et son poids. Le trottoir est évité in extremis.

La berline devant pile vigoureusement. Contrainte à ralentir par un imposant semi-remorque espagnol qui progresse lentement. Quelle aubaine. Il doit parvenir à les bloquer maintenant. Si la course-poursuite s'oriente sur la longue départementale ou pire, sur l'A10, il n'aura plus la moindre chance. Un véhicule aussi rapide le sèmerait au bout de quelques kilomètres sans le moindre effort. Le Ford bleu profite de cette heureuse circonstance pour se jeter sur le convoi.

Il s'approche et colle la berline. Prêt à tenir le véhicule en tenaille avec le camion. Avançant encore un peu plus près pour toucher le pare-chocs. À son grand étonnement, la Mercedes déboîte avec férocité sur la voie d'en face. Et double le poids lourd moteur hurlant sur le pont qui surplombe la D25. Ils n'ont aucune limite. Gabriel ne peut pas les perdre. Il franchit la ligne blanche à son tour pour brûler le pavé. Défiant les phares qui surgissent en sens inverse. Surtout, ne pas les perdre de vue ! Le pick-up frôle le carton de justesse et continue sa course aux abords de la zone commerciale Royan 2. Mais que viennent-ils faire ici ? Il n'aura pas le temps d'avoir sa réponse. Un nouveau feu rouge. Juste devant le centre E.Leclerc. La Mercedes vire brutalement à gauche pour effectuer un demi-tour spectaculaire. Un crissement de pneu strident déchire la nuit, accompagné d'un athlétique dérapage contrôlé. Le véhicule bondit sur la petite route qui se profile derrière la station de lavage vieillissante. Gabriel donne tout ce qu'il peut pour rester dans leur sillage.

Ici, le goudron défoncé fait tressauter la tire. La rue est déserte. Il s'enfonce dans un quartier populaire qui n'inspire pas vraiment confiance. On est loin du charme des manoirs en front de mer. Mais qu'est-ce qu'ils viennent foutre ici ? L'imposante berline réduit son allure en arrivant à proximité des blocs HLM délabrés. Le rodéo semble prendre fin ici. Le pick-up suit religieusement, en longeant le centre de tri de La Poste. À son bord, Gabriel scrute les environs. L'ambiance est de plus en plus sordide. Une mauvaise intuition l'envahit. Le malaise grandit. À l'abri des regards, les choses peuvent mal tourner. Un terrain vague piteux sur la gauche. Bordé d'herbes folles et tapis de graviers. Le tout encadré par les logements sociaux austères.

La Mercedes noire reste immobilisée quelques secondes, moteur allumé. Gabriel coupe le contact de son Ford malmené. Rien ne se passe. En parfait contraste avec l'intense course-poursuite qui vient de l'attiser. Soudain, la portière côté conducteur s'ouvre. Un homme en noir en descend. Tirant une cagoule sur son visage. Le type se dirige vers le coffre du véhicule. Il enfile une paire de gants et se munit d'un pied de biche. L'individu se retourne vers Gabriel. Tout ce traquenard lui était réservé.

Pendant ce temps, Sophia ouvre discrètement la portière côté passager. Elle semble affolée, visiblement elle détient encore la sacoche. La jeune femme attend l'opportunité pour fuir. Serait-elle montée en voiture contre sa volonté ? L'homme est de dos, trop occupé à défier Gabriel. Elle ouvre alors en grand, puis bondit du véhicule. Elle en fait le tour discrètement. Cachée devant le capot avant de détaler dans le terrain vague en direction des habitations. Sophia s'éloigne le plus vite possible sans regarder derrière elle. Peine perdue. L'homme en noir abandonne son pied de biche pour la rattraper au bout de quelques mètres.

Il empoigne la chevelure blonde. Sophia se cambre en se tenant la tête. D'un geste bestial, il la fait chuter lourdement sur le gravier. La sacoche vole à quelques mètres. Il la frappe. Plusieurs fois. Avec une férocité qui glace le sang. Devant la déferlante de coups, Gabriel ne peut s'empêcher d'intervenir. La main plaquée au centre du volant. Le klaxon retentit pour distraire le ravisseur. Il descend du pick-up, se précipite à l'arrière. Puis s'empare d'une pelle de chantier. Bien décidé à récupérer l'enveloppe et par la même occasion à corriger ce salaud. Marchant vers Sophia pour lui venir en aide, il interpelle l'assaillant cagoulé qui continue de s'acharner sauvagement sur la pauvre jeune femme :

— Arrête-toi putain ! T'as pas honte ? !

Gabriel brandit la pelle pour dissuader le lascar de frapper une nouvelle fois Sophia. L'agresseur s'arrête immédiatement. Puis il récupère la mallette à ses pieds. Avant d'avancer vers Gabriel avec une décontraction surprenante. À mains nues, soit ce type est suicidaire, soit il est redoutable. Le provocateur ouvre sa veste et dégaine un pistolet automatique. Il approche encore, en pressant le pas. Le rapport de force vient de s'inverser. On échappe difficilement à une balle avec une pelle chantier.

Gabriel rebrousse chemin. La pelle balancée à l'arrière, il saute au volant de son Ford. Met le contact et amorce un repli tactique pour sortir vivant de ce mauvais pas. En se retournant pour manœuvrer, il est aveuglé par les phares d'un énorme 4x4. Un Porsche Cayenne vient de débouler dans son dos. Bloquant totalement le passage. Il est fait comme un rat. C'est un putain de guet-apens. La crapule lève son arme en direction du pick-up et continue d'avancer. Le conducteur du 4x4 descend à son tour. Gabriel a tout juste le temps de se pencher vers sa boîte à gants. En panique, à la recherche de n'importe quoi susceptible d'assurer sa défense.

La portière du Ford s'ouvre. Les deux hommes l'attrapent pour l'extirper de force. Du bout des doigts, Gabriel se saisit d'un tournevis traînant à côté de la boîte à fusible. Des mains puissantes commencent à l'extraire du véhicule. Il fait une volte-face pour le planter jusqu'à la garde. Enfoncé sauvagement dans la cuisse d'un des individus. Un cri de douleur. Le sang ruisselle sur le pantalon. Gabriel flanque un tampon pour se dégager. Il est prêt à en découdre. Il ne va pas se laisser faire. Dans un ultime instinct de survie, il sait qu'il va rendre coup pour coup. Un crochet qu'il encaisse sur les côtes donne le ton. D'une balayette, il fait tomber l'homme blessé par le tournevis. Puis, une dérouillée sur l'enfoiré qui est armé. Plus rien n'a d'importance. Sa mâchoire carrée reçoit un abattage violent. Qui le sonne légèrement alors que l'adrénaline le tient encore debout.

Face au péril, il se sent paradoxalement en vie. On l'écrase contre le capot du Ford. Gabriel réplique d'un coup de genoux dans les parties pour s'en dépêtrer. Se profile l'espoir de reprendre le dessus. Il se redresse, prêt à bondir sur le premier qui s'approche. Mais la crosse du pistolet heurte furieusement son crâne. Gabriel s'écroule. K.-O. technique. La vue se brouille. Un bourdonnement inquiétant dans l'oreille droite. L'équilibre perdu, il est affalé face contre terre. Puis vient le son du cran de sécurité. Là, tout près. L'arme collée sur sa tempe. L'individu qui détient la sacoche le tient en respect. Gabriel plisse les yeux. Réalisant que son existence s'achève sur un terrain en friche. Une seconde interminable. Mais rien ne vient.

Le duo cagoulé se réfugie dans le Cayenne. Le moteur puissant ronfle. S'en suivent, une marche arrière musclée et un dérapage assourdissant. Les ravisseurs décampent dans la nuit. La fin du calvaire. Gabriel se relève dans la douleur. Sophia le rejoint, atterrée par la violence de la correction infligée. Il est amoché. Elle n'a pas été épargnée non plus. Il regagne difficilement le pick-up à la recherche de son téléphone. Une fois en main, il compose le numéro d'urgence. La jeune femme pose sa main sur le mobile. Sur le point de divulguer de quoi l'en dissuader.

— L'homme… L'homme dans la voiture… Il était au téléphone…

Gabriel, stupéfait par la révélation interrompt son appel. Sophia poursuit :

— Saint… Saint-Palais. Le Golf… Mais qu'est-ce que vous allez faire ?

— Ils ont ma sacoche.

— Alors, il n'y a pas une seconde à perdre.

Gabriel grimpe à bord et se remet au volant. Le moteur démarre. La portière côté passager s'ouvre. Il lance un regard noir. Elle se justifie :

— Quoi ? Vous n'allez pas me laisser ici… ?

Un acquiescement timide en fermant les yeux. Elle ne se fait pas prier. Pied au plancher, le Ford reprend du service. Le duo dégage à son tour dans l'obscurité. Laissant derrière lui les HLM et le terrain vague. À la recherche des ravisseurs. En direction de l'unique piste dont il dispose. Le Golf de Royan et Saint-Palais. Dans l'habitacle, il reste concentré. Pour éviter de penser à ses plaies. La ligne droite de la D25 se fait dans un silence pesant. Toujours à l'affût du 4x4. À cette heure-ci, la voie est quasi déserte. Le compteur du Ford s'affole. Gabriel et sa passagère progressent à grande vitesse en direction de Saint-Palais. Cette route qu'il connaît par cœur. Les secousses et le train d'enfer mettent mal à l'aise Sophia. La fureur de Gabriel et son obstination l'inquiètent. La jeune femme se cramponne à la portière pour se rassurer. Le cœur soulevé par moments. Une peur réflexe la pousse à écraser le tapis de sol avec son pied. Un freinage absurde côté passager. Mais il n'y prête pas cas. Pensant avoir retrouvé leur trace :

— Ils sont là… Juste devant…

Le pick-up plonge dans chaque rond-point dans un élan intrépide. La voiture chasse, ripe, glisse avant de repartir en trombe. S'éloignant de la ville de seconde en seconde. À cette cadence-là, il sera bientôt sur eux. Et c'est à tombeau ouvert qu'il avale les kilomètres suivant. Réduisant peu à peu le retard jusqu'à l'entrée de Vaux sur mer. C'est précisément à ce croisement qu'il rattrape le Cayenne des ravisseurs. L'obsession de l'enveloppe. Il y a encore une chance. Sur la route de La Tremblade, les deux véhicules zigzaguent au milieu du trafic clairsemé. Crispé sur son volant, Gabriel semble de plus en plus agité. Une névrose qui n'échappe pas à Sophia. Pourtant, la jeune femme inspire. Juste avant d'émettre une suggestion. Gabriel excédé, la renvoie dans les cordes avant même qu'elle n'ait le temps de prendre la parole.

— Surtout tu la fermes ! C'est pas le moment !

Elle se ravise, choquée par cet aboiement acerbe. Puis elle persiste :

— Merci pour tout à l'heure.

—…

Un battement de cil dans le rétroviseur central. L'hématome qui enfle au bord de l'œil. L'arcade ouverte. La bouche amochée. Il contemple son visage bien marqué par la peignée qu'il vient de subir. La rançon de sa ténacité en quelque sorte. Puis il répond.

— Ils ont mon enveloppe. Ça n'a rien à voir avec toi.

— Mais qu'est-ce qu'elle a de si précieux ?

— Arrête de me mentir… Tu dois le savoir.

La réflexion balancée sèchement par Gabriel plonge à nouveau l'habitacle dans un mutisme oppressant. Le convoi dépasse les premiers panneaux indiquant le Zoo de La Palmyre. Le dénouement est imminent. Le Golf se rapproche à présent. Le puissant 4x4 fuse dans le carrefour sans ralentir. Gabriel le copie sans lever le pied. Sans même regarder. Obsédé par son enveloppe. Sophia, elle, se contente de contracter toutes les parties de son corps et de fermer les yeux. Priant pour terminer en un seul morceau. Elle est ballottée par les à-coups d'une conduite plus qu'incisive. Les deux véhicules sprintent devant l'entrée du Golf. Pourquoi ne s'arrêtent-ils pas ? Le

Cayenne s'enfonce sur la route boisée qui longe le secteur. L'itinéraire encaissé se profile au milieu du domaine forestier. La végétation sauvage qui orne le littoral revêt un aspect plus menaçant. Gabriel se démène pour rester dans les roues de ses agresseurs. Faisant abstraction de l'interminable ligne droite qui se profile à l'issue d'une large courbe. Le Ford est poussé dans ses derniers retranchements. Au rupteur, l'aiguille du compteur trépide. La mécanique hurle ses limites dans l'habitacle. Le puissant moteur de la Porsche semble tout juste s'amuser à cette vitesse-là. Une vive accélération, le turbo s'enclenche. L'engin donne un fulgurant coup de reins. Le 4x4 met les gaz, ses feux s'éloignent en quelques secondes. Les deux points rouges sont maintenant hors d'atteinte. Faussant compagnie à Gabriel et sa modeste monture. En un claquement de doigt, d'un simple coup de pédale. Propulsée à bride abattue jusqu'au bout de la ligne droite, la caisse disparaît à l'horizon pour se perdre dans l'obscurité. Il aura suffi d'un simple sprint pour que tout espoir tombe à l'eau. Gabriel se décompose. Exaspéré, il brutalise le volant tout en continuant d'avaler cette maudite portion rectiligne. Plusieurs questions viennent se bousculer dans sa tête. Comment va-t-il s'y prendre pour les retrouver ? Comment va-t-il remettre la main sur son enveloppe ?

— Gabriel ! Regardez !

Sophia bondit de son siège. Frappée par un détail sur le macadam qui vaut de l'or. Elle désigne du doigt de larges traces de pneus qui quittent la route sur la droite. Gabriel enfonce brusquement la pédale. Les disques surchauffent. Le Ford pique du nez, glissant sur une dizaine de mètres avant de s'arrêter. Rebroussant chemin après avoir fait demi-tour. Puis il s'engage en douceur dans le sentier sauvage qui se dessine sur le bas-côté. Au milieu des arbres et des buissons, un blockhaus se dresse dans la lumière des phares. Cette ruine sordide de la guerre est grimée de graffitis douteux. Gabriel et Sophia progressent lentement dans la forêt domaniale, avec la hantise inavouée de revivre une nouvelle agression. La "Courbe" peut être particulièrement dense par endroits. Au milieu des pins maritimes et des arbousiers, le 4x4 est là. Tous feux allumés. Les portières ouvertes. Au milieu de nulle part. Le Ford s'arrête à proximité du Cayenne immobilisé. Gabriel tire le frein à main et ordonne à Sophia de ne surtout pas bouger. Il descend du véhicule, puis se rend à l'arrière pour s'armer à nouveau de la pelle de chantier. À travers le pare-brise, elle l'observe s'éloigner dans la lumière des phares. Il serre le manche aussi fort qu'il peut. Même si le véhicule semble avoir été laissé à l'abandon. Après la rixe sur le terrain vague, il s'attend à tout. Le sol sablonneux feutre les bruits de pas alors qu'il se rapproche lentement. Le moteur est coupé. Il arme sa pelle, prêt à cogner. Puis il passe la tête pour jeter un œil. À l'intérieur, personne.

L'habitacle est désert. Le coffre est désespérément vide. Un paquet de Rothman's sur le tapis de sol. Pas de clés sur le contact. Aucune trace de sa mallette. À l'arrière, la banquette en cuir est maculée d'hémoglobine. Une bouteille de vodka vide traîne par terre. Sur le siège passager une… Depuis le pick-up, Sophia le regarde faire le tour du véhicule. Il dépose la pelle contre la carrosserie avant de s'incliner côté passager… Une plume bleu turquoise soigneusement placée là.

CHAPITRE 3

Plage du Chay. De retour dans la maison de Gabriel et Delphine.
Le soir de l'agression...

Gabriel ne peut se détourner du corps de Delphine gisant à quelques mètres de lui dans le salon. Fouetté par le contrecoup de l'atrocité. L'abominable réalité et la barbarie qu'il vient d'endurer. L'aspect définitif de la mort. Elle ne se relèvera jamais. Il commence à peine à le réaliser vraiment. Cette insupportable prise de conscience résonne en lui. Tintant le déchirement d'un amour fauché en plein vol. Avec cette sensation épouvantable de n'avoir rien pu faire pour éviter ça. À l'intérieur, il est dévasté. Il est à nouveau ce petit garçon terrorisé face à un océan de solitude et d'abandon. Une nouvelle fois, un acteur pitoyable et un spectateur inapte.

Son enfance affligeante remonte. L'abandon. La douleur. Celle qui atteint le point de non-retour. Il n'est pas en mesure de pleurer. Déshumanisé par l'horreur. Bien incapable de verser la moindre larme pour l'instant. Elle est morte pour un simple paquet. Pour une stupide enveloppe en papier kraft. Comment peut-on mourir pour ça ? Comment peut-on tuer pour ça ?

Le malfaiteur cagoulé retire le revolver sous le menton. Puis, d'un geste de la tête, il fait signe à ses coéquipiers. Le braqueur qui boite obéit. Il s'éloigne du frigo. Le gant posé sur le mitigeur de l'évier, il ouvre l'eau. Mais que vont-ils faire ?

Frappé brutalement derrière la tête. Gabriel mord à nouveau la poussière. Le visage une nouvelle fois au sol. La joue sur le carrelage glacé. Il n'a pas le temps de se redresser. Il ressent le genou de son geôlier sur sa colonne vertébrale. On l'empêche de bouger. On empoigne ses mains avec brutalité pour les lier solidement dans le dos. Lorsque Gabriel reprend ses esprits, il s'agite et commence à se débattre.

— Lâchez-moi ! Je l'ai pas !

—…

— Je ne sais pas où est le paquet ! Je n'ai pas l'enveloppe ! Vous m'entendez ? !

Alors qu'il braille, sa tête quitte à nouveau le sol. Redressé de force. Tiré par les cheveux. On le pousse vers l'évier pour le présenter face aux remous de l'eau qui l'attend. Gabriel se tord dans tous les sens pour ralentir. Puis il hurle :

— C'est la vérité ! Je n'en sais rien ! Mais qu'est-ce que vous êtes en train de faire putain ! ?

Brutalement accroché par la tignasse que le bourreau tire à pleine main, Gabriel persiste à clamer qu'il n'a aucune information. Qu'il ne sait rien. Le robinet est encore ouvert, à en faire déborder l'évier. Le tireur se place à côté de lui. Il pose son gant froid sur la nuque de Gabriel. Les deux tortionnaires appuient conjointement pour lui faire courber l'échine. Il se retient de toutes ses forces pour ne pas s'incliner. Ils vont le noyer.

— Je sais pas ! Je sais plus ! Je l'ai eu ! Je ne l'ai plus ! On me l'a volé ! C'est la vérité merd…

Un grand coup dans le dos. Le souffle coupé, Gabriel cède. Son visage plonge dans la flotte. Une immersion terrifiante. Son aversion pour l'eau. C'est d'abord le choc de la température. Le froid qui mord les plaies sur la figure. La panique et l'air qui s'étiole. Les sons étouffés. Déformés, comme en sourdine. L'asphyxie lente qui s'amorce. Il suffoque et se débat. Entravé par ses bourreaux, il gesticule dans tous les sens pour essayer de s'en sortir. Des efforts qui précipitent son étouffement. Les deux barbares le maintiennent férocement. Attendant patiemment que le pantin arrête d'éclabousser le sol. Il sera rapidement à bout de force. Gabriel ressent sa gorge qui se comprime inexorablement. Et l'incendie dans les bronches. La suffocation lente qu'il éprouve. Obsédé par l'air qui lui manque cruellement et par cette question : Combien de temps va-t-il pouvoir tenir ?

***

La veille. Saint-Palais. Forêt de la Courbe, à proximité du Porsche Cayenne.

La pelle déposée contre la portière du 4x4 tombe à terre. Gabriel sort la tête de la voiture et s'accroupit pour la ramasser. En se rapprochant du sol, il décèle de nouvelles traces de pneus. Elles partent dans une autre direction. Déduisant un changement de véhicule, il comprend alors que sa sacoche et le paquet peuvent être n'importe où maintenant.

En remontant les empreintes de pneus des fuyards, il distingue quelque chose. À quelques de mètres. Une masse noire qu'il repère dans les herbes hautes. Ce pourrait être son attaché-case ? Il se précipite vers l'objet. Avec l'infime espoir qu'ils aient abandonné la mallette et son contenu ici. Gabriel se jette dessus. C'est bien elle. Un genou à terre, il ouvre en vitesse la pochette supérieure. Elle est vide. Ils ont gardé l'enveloppe. Même s'il s'en doutait, il sent monter une colère noire. À bout de nerf, il balance sa serviette vide violemment par terre.

C'est à ce moment-là qu'il lance un regard sombre en direction de Sophia. Irascible, il revient vers le Ford. À chaque pas vers le pick-up, sa fureur s'aggrave. Il ouvre la portière :

— Descend.

—… ?

Elle s'exécute. Sans broncher. Ayant perçu dans l'intonation de la voix qu'il n'y avait rien de négociable. Gabriel l'empoigne avec autorité. Elle obtempère dans le silence. Ils font quelques pas pour s'arrêter entre les deux voitures. Devant le capot du Ford, il ouvre sa veste. Se munit d'un paquet de blondes. Il en attrape une qu'il grille sur-le-champ. Puis en offre une à Sophia.

— Merci… Vous avez trouvé quelque chose ?

Elle se penche sur la flamme du briquet pour allumer à son tour la clope. Dans la lumière des phares, la fumée les enveloppe avant de s'évanouir en suivant la brise marine. Sophia savoure une généreuse bouffée. Il récupère la pelle au sol. Reste de dos un instant. Puis il se retourne vers elle pour lui confier :

— Savoure-la. C'est ta dernière.

— Pardon ?

Sophia recule d'un pas. Gabriel avance vers elle. Lançant sa cigarette à peine entamée sur la jeune femme. La tension monte d'un cran. Il dégoupille :

— À genoux !

— Mais… ?

— J'ai dit à genoux pouffiasse !

Sous la menace, elle pose un genou au sol, puis l'autre tout en le dévisageant. Elle déglutit. Elle panique. Que va-t-il lui faire ?

— Tout est de ta faute !

— Mais non ! Je ne savais pas ! Je vo…

— Ferme-la !

Il brandit la bêche de manière compulsive. Puis il tourne autour de la traîtresse avant d'aboyer :

— Personne… PERSONNE ne se trompe de mallette. Ça n'arrive jamais ! JAMAIS ! Pas comme ça ! Pas dans des chiottes !

— Je me suis trompée. Je vous dis que je me suis trompée !

— Ta gueule !

Il s'accroupit devant elle. Elle est apeurée. Il lui relève le menton. Pour l'obliger à le regarder droit dans les yeux. Gabriel plante ses yeux noisette avec toute sa rage dans le regard terrifié de Sophia. Puis il crache :

— Non, mais tu crois que je vais avaler ça ?

—…

— Regarde où on est. Regarde dans quel état je suis ! REGARDE-MOI ! Ça… C'est pas du hasard. C'est loin d'être une erreur. Tu sais ce que contenait l'enveloppe ?

—…

— RÉPOND SALOPE !! Répond où je t'éclate la face à coup de pelle et je t'enterre vivante.

— Vous me faites mal ! Non… Je ne sais pas ! Lâchez-moi ! Je ne sais rien du tout !

Il lui tire les cheveux en arrière, à deux doigts de basculer dans la démence :

— Ne m'oblige pas… Tu ferais mieux de parler… PARLE PUTAIN !

— J'ai… J'ai reçu… Une certaine somme pour vous rencontrer…

— Quoi ? Qui ? Com…

— Enfin pas vous rencontrer… Pour entrer dans les toilettes et prendre votre sacoche… Et c'est tout ! Je vous promets ! C'est tout !

— Et la Mercedes ? Tes complices ? !

— Je ne les connaissais pas… Je devais juste prendre la sacoche et monter dans une voiture qui m'attendait. C'est tout !!! Je vous le jure !!!

— T'as vraiment pas honte. Tu me prends pour un con ! Tu crois que je vais gober cette histoire ?

— Je ne savais pas que tout ça allait mal tourner. Je ne les connais pas…

En bredouillant ses explications pour se défendre, Sophia plonge discrètement la main dans le sol sablonneux. Il ne remarque rien. Une fois pleine, elle la serre. Puis elle projette le sable dans les yeux de Gabriel. Elle se relève et détale pour sauver sa peau. Elle galope dans le noir au milieu de la végétation. Gabriel plisse les yeux et se frotte le visage. Les secondes passent. Sophia fonce dans la nuit à travers les bois. Mais Gabriel ne tarde pas à la rattraper. D'un croche-pied, il l'a fait trébucher tête la première.

À terre, elle se retourne immédiatement. À bout de souffle. Comme une lionne sur la défensive. Mais Gabriel se place au-dessus d'elle. Le manche de la pelle se lève. Son regard, noirci par la haine. Il frappe de toutes ses forces. Elle hurle en fermant les yeux. La pelle s'enfonce dans le sol. Plantée à quelques centimètres de son joli minois. Elle éclate en sanglots.

— Mais regardez-moi ! Merde !! Ils m'ont massacré ! Vous m'avez même sauvé ! Mais qu'est-ce qui ne va pas chez vous ? !

L'analyse est rapide. Son tailleur déchiré. Elle est pieds nus. Le visage amoché. Le maquillage dévasté. Des égratignures sur les jambes. Des traces de coups sur tout le corps. Elle a chargé lors du passage à tabac. C'est vrai qu'elle aurait pu partir avec les secours sur le terrain vague à Royan. C'est vrai aussi qu'elle se retrouve ici en pleine pampa dans le noir avec lui. Sous la menace d'une pelle.

Gabriel reste silencieux. Il fait demi-tour et abandonne Sophia qu'il vient de choquer. Puis il regagne son véhicule. L'enveloppe peut être n'importe où à l'heure qu'il est. Il perd un temps précieux ici. Agacé, il largue la pelle à l'arrière et grimpe au volant. Il met le contact et embraye. Sophia déboule devant lui pour se jeter sur la vitre. Elle s'égosille :

— Et c'est tout ? ! Vous allez me laisser comme ça !

Gabriel ne daigne pas répondre. Il tourne le volant et entame une lente manœuvre pour regagner la route. Sophia le suit côté passager en tambourinant à la vitre. De plus en plus affolée.

— Ne me laissez pas là. Ne me laissez pas là !!! Je vous en supplie…

Gabriel la dévisage une seconde. Puis fixe le sentier devant lui avant de poursuivre son chemin.

— Je ne mérite pas ça ! Ne fais pas ça ! T'es qu'un minable !! TOCARD !!!

Le pick-up délaisse la jeune femme en avançant lentement sur le chemin défoncé. Les feux s'éloignent sous le nez de Sophia désespérée. Il la laisse plantée là. Elle n'arrive pas à y croire. Mais le Ford freine au bout d'une dizaine de mètres. Revient-il sur sa décision ? Gabriel recule, elle reprend espoir. Arrivé à son niveau, le véhicule reste immobile. La main sur le montant de la portière, elle se penche pour croiser le regard de Gabriel. Mais il reste muet. Elle l'interprète comme un silence qui l'autorise à monter. Une fois à bord, elle s'installe sans dire un mot. Le temps change, les premières gouttes de pluie commencent à tomber sur le pare-brise. Le véhicule rejoint alors le goudron de la route principale.

Encore taciturne, Gabriel prend pourtant la parole.

— Je te ramène chez toi. Indique-moi la route.

— Merci.

Les premiers kilomètres s'enfilent à nouveau dans un silence pesant. Puis il entame son interrogatoire.

— Combien ?

— Pardon ?

— Combien tu as touché pour tout ça ?

Elle regarde dehors, lève les yeux au ciel en soupirant.

—… 2 000 €

— Qui t'a payé ?

— Je ne sais pas… Je ne les ai jamais rencontrés.

— 2 000 € sans jamais te voir… ?

— On m'a proposé 2 000 € en liquide pour récupérer une mallette. Ça devait être très simple… J'ai besoin d'argent. J'ai pas cherché à comprendre. J'ai dit oui.

Irrité de ne rien obtenir de concret, Gabriel continue de la cuisiner.

— Comment tu communiques avec eux ?

— Ils m'écrivent… Ils laissent des mots dans la boîte aux lettres.

— Tu les contactes comment ?

— Je dois scotcher ma réponse sous ma boîte… Je ne leur ai jamais parlé… Je ne les ai jamais vus… Je ne sais pas combien de fois par jour ils passent devant chez moi ! Vous en avez beaucoup des questions ?

— Tu vas scotcher sous ta boite aux lettres que je ne les lâcherai pas. Que je vais les retrouver et que je vais me les faire.

—…

La pluie s'intensifie. Elle indique timidement la sortie à prendre. Ils ne sont plus très loin. Bientôt l'avenue Pontaillac. Tout en empruntant la sortie, Gabriel poursuit l'instruction.

— Ils t'ont dit ce que contenait le paquet ?

—… Non… J'ignorais même l'existence du paquet. Mais c'est quoi cette enveloppe justement ?

—… Si seulement je savais…

La roue du pick-up empiète sur le trottoir luisant. Ils viennent d'arriver sous des trombes d'eau. Garés face à un immeuble ancien aux pierres de taille. Un petit appartement sans prétention. Elle prétend vivre au rez-de-chaussée. Sophia le remercie timidement. Gabriel reste silencieux. Elle hésite un instant, puis ose demander du bout des lèvres s'il n'a pas récupéré sa propre sacoche dans les toilettes. Gabriel rétorque que dans la confusion, il a dû l'oublier au Palais des Congrès. Il s'en excuse.

Sous le rideau de pluie, Sophia se précipite devant son domicile. Elle s'engouffre chez elle. Sur le seuil, elle regarde une dernière fois Gabriel et son pick-up, le remerciant d'un timide geste de la tête avant de fermer sa porte. Enfin chez elle. Un gant noir glisse sur sa bouche l'empêchant de parler. Puis un baiser au creux de l'oreille. Une main gantée glisse sur ses hanches, l'autre remonte sur sa poitrine. Elle sourit et se retourne. L'individu lui demande :

— Il a marché ?

— Il a couru ! Pierre et sa blessure à la cuisse… Ça va ?

— Il est rentré. Je dois l'appeler rapidement… Tiens…

L'homme tend l'enveloppe kraft. Elle la récupère sans pouvoir contenir un grand sourire satisfait.

***

Pendant ce temps-là, à quelques kilomètres de Royan.

Le miroir constellé d'éclats de dentifrices. Des dégoulinures de tartre sur les robinets qui fuient. Le lavabo infect. Dans l'eau brune flottent des dizaines de mégots en décomposition. Dont le dernier vient d'y être jeté il y a quelques secondes. Un vieux modèle de téléphone portable est en équilibre sur le coin de la vasque. L'endroit est éclairé par une simple ampoule suspendue à une douille défectueuse, autour de laquelle quelques insectes nocturnes s'agglutinent. Ils grouillent sur le plafond et ses traces de moisissure. Le sol est dans un état épouvantable. Assis sur le rebord de la baignoire répugnante, il saigne abondamment de la cuisse. Ses mains compressent la plaie du mieux possible. Sur son avant-bras, une tache de naissance couleur café au lait. Le tabouret beige à côté de lui accueille le tournevis cruciforme couvert de sang, des bandes de gazes sales, de la Bétadine qui semble avoir quelques années. Un verre vide. À ses pieds, une bouteille de vodka bien entamée. Il termine de panser la plaie béante entre deux quintes de toux. Le téléphone vibre. Puis la sonnerie résonne dans la salle de bains lugubre. Il se motive à grand renfort de vodka, puis se redresse en titubant vers le téléphone.

— Oui… Ça va… Ça va aller…

Il se contemple dans le miroir, puis examine plus particulièrement sa cuisse.

— T'inquiète pas… Oui… On continue.

***

À Royan. Plage du Chay. Gabriel vient de déposer Sophia…

Sous l'averse, Gabriel rentre chez lui en ressassant cette soirée chaotique. Le passage à tabac. La poursuite. Son enveloppe kraft disparue. Sophia et ses mensonges. Ces types en noir. La plume bleue. Et toutes ces questions qui restent sans réponse. Le pick-up s'immobilise devant le pavillon. Gabriel se penche pour passer son bras derrière le siège passager. Puis il ramasse la sacoche de Sophia, soigneusement cachée avant la course-poursuite. Il trottine sous le rideau de pluie jusqu'à la porte d'entrée et se met à l'abri rapidement. Surpris par le silence dans la maison, il se dirige dans la cuisine. Un mot est déposé sur la table. Delphine est chez sa mère. Elle rentrera dans la soirée. Il est 23 h 15, Gabriel suppose qu'elle ne devrait plus tarder.

Épuisé par les événements, il sort un verre du placard. S'empare de la bouteille qui trône à côté du frigo et s'offre une généreuse dose de Gin. Sa lèvre entaillée brûle au contact de l'alcool. Mais la chaleur du spiritueux atténue vite ce petit désagrément. Il commence à se détendre. Le regard trouble en direction de la serviette de Sophia. Une fois posée sur la table, il la contemple, ensuite il la vide complètement. Pourquoi exactement ? Il n'en sait rien. Peut-être pour ne pas faire face à sa solitude tout de suite. Au moins, il est occupé. Il consulte la paperasse avec minutie. Des comptes rendus de réunion. Des formulaires sans queue ni tête. Des cartes de visite de mauvaise qualité. Rien d'intéressant à se mettre sous la dent.

Déçu, Gabriel referme la sacoche et se rend dans le garage pour l'entreposer. Il allume la pièce humide. La température est sacrément fraîche dans cet espace transformé en grand n'importe quoi. Tout un tas de cartons et de babioles que Delphine entasse comme une fanatique. Gabriel progresse prudemment au milieu du « stock ». Puis il trouve une place disponible. Entre le cumulus et l'énorme carton qu'elle vient de recevoir. Ici, la mallette de Sophia est à l'abri tout en restant accessible. En plongeant à nouveau le garage dans le noir, il éprouve des bouffées de chaleur. Puis un grand coup de fatigue. La caresse de l'ivresse. Il s'est peut-être relevé trop vite. Le Gin était sans doute un choix risqué avec son état de fatigue. Gabriel revient en titubant légèrement dans le salon pour s'allonger quelques instants sur le canapé. Juste quelques minutes. Histoire de récupérer ses esprits.

On sonne à la porte. Delphine a ses clés, ça ne peut pas être elle. Alors, Gabriel se lève pour aller ouvrir. Sous la pluie, sur le pas de la porte, Sophia. Trempée et pourtant rayonnante. Toujours accompagnée de cet air printanier et ce parfum à la mûre. Elle le regarde sans dire un mot. Gabriel commence à parler. Elle place son index sur sa bouche pour qu'il se taise. Elle est lumineuse, irrésistible. Elle le dévisage intensément. La jolie blonde s'approche et pénètre chez lui. La porte se referme. La jeune femme mouillée se penche en avant sur la pointe des pieds. Ses lèvres humides s'entrouvrent et frôlent celles de Gabriel. Un souffle tiède. Elle l'embrasse. Tendrement. Apposant ses délicates mains glacées par la pluie sur le visage blessé de son hôte. Puis elle se colle tout contre lui pour se réchauffer. Les mains glissent lentement vers la ceinture. Elle le dévore des yeux avec ce regard qui ne laisse personne indifférent. Ses cheveux humides entre les doigts. Étrangement ce soir, il peut le faire. Il la plaque contre la porte d'entrée. La retourne. Relève la jupe de son tailleur. Il la prend tendrement. En l'enlaçant. En la réchauffant. En s'enivrant de ce parfum. De sa lumière. De sa peau douce. Elle pose ses mains contre le montant de la porte et ondule avec lui pour mieux savourer l'instant.

La serrure de la porte sonne la fin de l'étreinte. La poignée s'abaisse. Sophia s'évapore. Delphine rentre sous l'averse. Gabriel somnolant dans le canapé se redresse alors.

— Désolé… Je me suis assoupi en t'attendant.

— Oui, il est tard je sais. Tu as mangé ?

Gabriel ne répond pas. Delphine avance vers le canapé pour l'embrasser. Elle s'abaisse et lui délivre un baiser. En voyant son visage amoché, elle s'exclame :

— Mon Dieu ! Mais qu'est-ce que tu as fait ?

— C'est compliqué… Rien de grave… Tout va bien…

— Il faut soigner ça ! Je vais chercher de quoi te désinfecter… Tu ne peux pas rester comme ça.

En se rendant vers la salle de bains, un doute traverse son esprit. Delphine s'arrête une seconde. Elle fait demi-tour et le regarde d'un air soupçonneux.

— Tu as toujours le paquet au moins ?

—…

— Où est l'enveloppe ?

—…

Delphine devient nerveuse. Face au silence de Gabriel, elle panique. Avant de basculer dans l'angoisse.

— On est dans la merde… On est dans la…

— Je veux savoir !

Gabriel bondit du canapé et se crispe.

— Regarde-moi ! Delphine… Regarde-moi ! Je viens de me faire passer à tabac ! Merde ! Comme toi hier je te signale ! Jusqu'où tout ça va aller ?

— Je suis désolée. C'est pour nous que je fais tout ça…

— Pour nous ! ? Regarde-nous ? Tu es couverte de bleus ! Je me suis fait casser la gueule ! Ils étaient

armés ! Dis-moi ce que cette enveloppe contient !
Putain je veux savoir ! J'ai le droit de savoir !

—… Je peux pas… Tu ne dois pas savoir… Pas pour
l'instant…

— Je ne dois pas savoir ? Moi je vais te dire ce que je
sais ! On est aux abois. On m'a piégé. Trois types
armés m'ont tendu un guet-apens pour la récupérer.
Ou pour m'éliminer… J'en sais rien ? Je sais qu'ils
étaient assez déterminés pour me refroidir. Je sais que
j'ai eu un revolver sur la tempe. Que j'ai risqué ma vie
pour les rattraper. Et qu'ils ont l'enveloppe à l'heure
qu'il est.

— Je suis tellement désolée… Gabriel…

— C'est une histoire de fric ? Dis-moi ! À qui on a à
faire ? C'était des pros ces mecs !

— La valeur du paquet est inestimable…

— Tu sais qui est Sophia ? Sophia Pichon ?

— Non ? Je ne sais pas. Ne me regarde pas comme
ça. J'en sais rien. Je te jure.

— Parle-moi putain ! Dis-moi tout ! J'ai failli crever !
Je veux savoir !

— Je ne peux pas… Gabriel… Pas aujourd'hui. Tu
dois me faire confiance…

CHAPITRE 4

Le soir de la mort de Delphine…

Sous l'eau froide, il se voit mourir seconde après seconde. Ses efforts désespérés pour s'en sortir sont inutiles. L'asphyxie qui enfle jusqu'à l'insupportable le pousse inexorablement vers la fin. Il n'y a rien de plus angoissant que de manquer d'air. Que de se demander si on va être capable de tenir. D'imaginer ce qui arrive en cas d'échec. L'eau qui entre, le long de la gorge, déferlant dans les bronches pour un aller simple vers la noyade. Dans une ultime tentative, Gabriel donne de grands coups de genoux contre le meuble de l'évier. Pour communiquer. Pour prononcer un cessez-le-feu du bout des rotules. Quitte à mentir et les embobiner au sujet de l'enveloppe kraft. Il trouvera bien une idée par la suite. Mais il faut qu'il respire. Sous l'eau, il entend l'intonation et le timbre de voix des ravisseurs, sans comprendre le moindre mot. Chaque fraction de seconde semble une éternité, un calvaire qu'il n'est plus capable d'endurer.

Soudain, ses cheveux piquent à nouveau. On le hisse hors de l'eau. De l'air. L'oxygène, qu'il avale par immenses bouffées. À s'en brûler les bronches. Complètement essoufflé, mais en vie. Ses bourreaux ne lui laissent aucun répit. Ils sont méthodiques et implacables. On le retourne et on l'assoit sur une chaise de la cuisine. L'énergique complice plaque la tête de Gabriel contre la table. La flotte dégouline sur le revêtement. La joue bien à plat sur la surface en bois. Le regard en direction du salon. Il ne peut plus bouger. Le corps de Delphine bien en vue. Gabriel reprend son souffle. Puis il avoue :

— OK. OK... Je sais… Je sais où il est.

Derrière lui, le bruit du tiroir sous le plan de travail. Les couverts que l'on fout en l'air sans ménagement. Le son très distinct du couteau à viande. La longue lame que l'on sort de l'étui fredonne l'air de la prochaine torture. Puis vient le chant de l'acier qu'on affûte sur le fusil. Il vient d'avouer. Que leur faut-il de plus ? Gabriel implore, jurant qu'il sait ! Il va tout leur dire. L'endroit où se trouve ce qu'ils cherchent. Mais, personne ne lui répond. Ment-il aussi mal que ça ? Un des gants noirs se cramponne à nouveau sur son visage. Comme on tient une pièce de viande. Sa tête comprimée contre la table. Durant une seconde de flottement, Gabriel ferme les yeux en pensant à

Delphine. À la rejoindre. À l'enveloppe kraft. Le couperet s'abat avec fureur. Gabriel sursaute. La lame se plante en profondeur juste sous son nez. Gabriel ouvre les yeux et voit l'inox du couteau. Le reflet du pauvre type qu'il est devenu sur le métal. Et dans l'alignement, juste derrière le saignoir, le cadavre de la femme de sa vie.

***

La veille. Chez Delphine et Gabriel.

Ses clés pénètrent dans la serrure, il déverrouille la porte du pavillon et franchit le seuil pour regagner son domicile. Gabriel est frappé immédiatement par l'étrange silence qui règne ici. Pas de télévision, pas de musique en sourdine. Pas de voisins invités pour le café. Personne dans la maison, c'est presque oppressant. En général, tout le monde recherche la compagnie de sa femme. Et elle adore ça. Ce qui engendre un flot continu de visages familiers qui vont et viennent régulièrement pour son plus grand plaisir. Elle, l'éternelle amoureuse des rapports humains. Elle, qui sait se montrer sociable avec un naturel déconcertant. D'habitude, Delphine se précipite toujours pour l'accueillir et discuter de sa journée. Simplement pour parler. Juste pour l'accueillir avec son sourire. Mais, le salon est anormalement désert.

— Delphine ?

Dans la cuisine, personne. Sur la table, traîne une étrange plume bleu turquoise. Gabriel l'observe d'un air circonspect. Avec l'intuition que ce signe n'est pas de bon augure. Puis il perçoit un son lancinant à l'étage.

— Delphine ? Tu es là ?

Il rejoint l'escalier et se hâte pour parvenir en haut. Au milieu des marches, éclate un bruit sourd à l'opposé de la maison. Provenant du garage.

— Delphine ? Réponds-moi !

Il s'apprête à faire demi-tour. Direction la pièce qui sert de dépôt, en se demandant ce qui se passe ici. Lorsque son inquiétude est attisée par un nouveau gémissement à l'étage. Depuis le couloir, il la découvre dans l'alignement de la porte entrouverte. Elle est là. Dans la chambre dévastée. En chien de fusil sur le lit. Entièrement nue. Elle tremble.

Son corps est couvert d'ecchymoses, son visage porte des traces de coups. Les genoux écorchés, des hématomes dans le dos. Elle pleure à grande eau. Totalement traumatisée. La pièce est ravagée. Gabriel se jette sur elle pour la réconforter. Il la prend dans les bras et découvre, impuissant, le désastre dans la pièce.

— Delphine ! Mais qu'est-ce qu'il s'est passé ? Parle-moi ! Bébé ? Qu'est-ce qu'il t'est arrivé ? !

— Ils étaient là !!!

— Mais qui ? !

— Des… Hommes en noir…

Elle se relève et tient la main de Gabriel pour se confier. À voix basse, elle hoquette entre deux crises de larmes.

— Je venais de… De terminer le boulot. Je suis partie directement. J'ai pas… J'ai pas vu. J'ai pas remarqué. Un gros 4x4 me suivait. Quand j'ai senti qu'il me pistait, j'ai roulé aussi vite que possible jusqu'à la maison. Je me suis enfermé. Mais… J'ai entendu du bruit à l'intérieur. J'avais tellement peur. J'avais si peur Gabriel… Je suis allée fermer le garage à clé…. Mais… Ils…

Elle éclate en sanglot, Gabriel doit en savoir plus sans attendre :

— "Ils" quoi ! ? Il y avait des mecs dans la maison ?

— Ils étaient là… Ils étaient déjà là… Par le garage… Alors je suis montée dans la chambre pour me réfugier. Mais ils m'ont… Ils m'ont..

— Merde… Delphine ? Ils n'ont pas abusé de toi ? Dis-moi que tu vas bien ? !

— Ils m'ont jeté par terre. Ils m'ont frappé. Ils m'ont tenu pendant qu'ils saccageaient la chambre.

— Qu'est-ce qu'ils voulaient ?

— Ils n'ont pas trouvé… Alors, ils m'ont déshabillé pour voir si je ne le cachais pas sur moi…

— Tu ne cachais pas quoi ? Delphine ?

— Ensuite, ils t'ont entendu… Ils sont partis…

— Ils étaient encore là ? ! J'appelle les flics, Delphine merde ! Ça craint trop.

— NON ! NON !

Elle se raidit sur le lit instantanément. Dans son regard, la panique.

— Non pas les flics ! S'il te plaît.

— Tu plaisantes ou quoi ? Regarde-toi ! Regarde notre maison !

— Je t'en supplie. Gabriel…

Elle se lève. Une fois debout, elle vacille péniblement jusqu'à la fenêtre. S'appuyant sur la commode dont les tiroirs ont été arrachés. On entend des crissements de pneus qui viennent de la rue. Avec deux doigts, elle écarte légèrement les rideaux pour jeter un coup d'œil à l'extérieur discrètement. Puis elle s'accroupit non sans mal. Delphine déplace la commode comme elle peut. Et arrache un morceau de scotch à l'arrière du meuble. Dans sa main, une épaisse enveloppe kraft.

— Ils voulaient… Ça…

— Delphine ! Tu me fais flipper, c'est quoi cette enveloppe ?

— Approche s'il te plaît…

— C'est pas de la dope au moins ?

— S'il te plaît, arrête avec tes questions…

Elle fait s'asseoir Gabriel au bord du lit. Elle tremble encore comme une feuille. Après avoir enfilé un vieux t-shirt pour se couvrir, elle reprend d'un ton plus grave.

— Ni la police, ni personne ne peut les arrêter.

— Mais ? Arrêter qui ? Qui sont ces types ? Dans quoi tu t'es embarqué ? Delphine ?

Elle regagne le bord du lit et se positionne lentement à côté de lui. Sa main effleure Gabriel. Puis elle le contemple alors qu'il semble inquiet. Le silence prend le relais pendant quelques secondes. Avec un brin de fatalité dans la voix, elle se livre finalement à demi-mot :

— Sur ce paquet… Je ne peux rien te dire… Ils sont sur moi. S'il te plaît, garde-le pour moi. Ne l'ouvre pas. N'en parle à personne. Ne fais confiance à personne. Conserve-le avec toi. Surtout, ne le perd pas. Je t'en supplie, ne le perd pas.

— Delphine ? C'est une blague ? Dans quel merdier on est exactement ?

— Juste 2 jours. On a 2 jours à tenir. Après je pourrais t'expliquer.

—…

— Jure-moi que je peux compter sur toi !

—…

— Promets-le ! Ils ne plaisantent pas…

Elle lui remet l'épaisse enveloppe. Gabriel s'en saisit avec précaution. Du bout des doigts, il tâte le papier kraft pour essayer de deviner ce que le paquet contient. Sans y parvenir. Du papier ? De la poudre ? Des billets ? Ça pourrait être n'importe quoi… Delphine s'éloigne lentement. Puis elle se dirige fébrilement vers la salle de bains en traversant la pièce plongée dans le chaos.

D'ici, il entend la douche couler. Et les pleurs de sa femme couverts par l'eau. Il fixe les rideaux depuis lesquels Delphine vient de jeter un œil. Il se relève. S'approche lentement. Les écarte en douceur pour observer en contrebas. Dehors, rien d'anormal au premier abord. Et pourtant…

De l'autre côté de la rue. Sur le goudron détrempé, des dizaines de filtres de cigarettes mouillés sont entassés là. Vestiges d'une planque de plusieurs heures. Un mégot de plus tombe de la voiture. La vitre conducteur baissée, un nuage de fumée s'échappe de l'habitacle. Un paquet de cigarettes froissé que l'on jette à terre. Il rebondit sur le bitume et roule sous la voiture pour se bloquer sous un des pneus. Sur la partie visible du paquet, on peut lire :

« Rothmans blonde »

Le conducteur scrute attentivement le pavillon. Plus particulièrement l'étage, où les rideaux de la chambre ondulent légèrement. Le vieux Nokia posé sur le siège passager sonne une fois. L'homme dévisse le bouchon d'une flasque en acier dont il avale une large lampée. Puis, il se saisit du mobile en toussant. Sur son avant-bras, une tache de naissance couleur café au lait. Il consulte le téléphone.

« Message reçu :

C'est OK. »

***

Le soir de la mort de Delphine…

Sa tête trempe est toujours sur la table de la cuisine. L'eau froide ruisselle depuis ses cheveux le long du visage. Les yeux toujours rivés sur l'inox du couteau à viande. Le gant noir maintient encore son crâne. La longue lame plantée sur la table se retire dans un bruit inquiétant. Il ressent le froid menaçant de l'acier dans sa nuque. Du plat de la lame, le bourreau caresse avec une certaine perversion la peau de Gabriel. Le cou, puis la mâchoire, en remontant sous les yeux lentement. De la pointe du couteau, le tortionnaire exerce une légère pression sous l'orbite. Gabriel ferme les yeux pensant devoir endurer le pire. Puis le couteau l'effleure jusqu'à l'oreille. Frôlant la chair de sa carre dangereusement affûtée. Pour terminer son chemin en redescendant non loin de la jugulaire. Le gant compresse davantage sa tête. Pour prendre appui correctement. Un coup sec. De bas en haut. Le couteau dérape. Gabriel sursaute. Son collier se détache, tranché net. La bague en or blanc qui fait office de pendentif quitte la chaîne pour rouler sur la tranche. Le bijou tournoie sur le plateau de la table. Jusqu'à se stabiliser sous le regard terrifié de Gabriel.

CHAPITRE 5

Foyer social. Rochefort - 1979…

Le givre borde les vitres en piteux état du foyer pour enfant. La vétusté du bâtiment délabré fait froid dans le dos. Mais il abrite au chaud des dizaines de destins brisés. Ceux d'ailleurs, et ceux de Royan. Quelques "sans famille" qui jouent sous le préau. Ces gosses, qui n'ont pas eu la chance de bien démarrer dans la vie. Des numéros de matricule en mode survie. Ceux qu'on abandonne. Des dossiers délicats pour les affaires sociales. Ceux dont tout le monde se fout. Des dommages collatéraux qu'on ramasse comme on recueille les objets trouvés. La pièce austère aux murs fissurés qui sert de réfectoire sent la mandarine et le chocolat bon marché. Les plus petits rêvent de figurines qu'ils n'auront probablement jamais. Des comptines de Noël sont fredonnées par les éducatrices. Tout est pensé pour que les gamins soient un peu moins tristes. Le temps d'un soir au moins. Les plus grands s'affairent à la décoration faite à la main. La pose de guirlandes ridicules pour égayer la salle presque monacale. Bien que Dieu, le père Noël et les rois mages aient démissionné depuis longtemps pour ses enfants… Tout le monde s'efforce de rendre la pièce commune un plus chaleureuse. Vaste projet…

Dans un coin à côté du radiateur en fonte, un garçon de 5 ans dessine en silence. Un laissé-pour-compte dont le bout des doigts est crasseux. Couvert de traces de feutres jaunes et bleus. Silencieux, il gribouille le futur. Sur son avant-bras s'étale une tache de naissance, la même que son père. À côté de lui, il y a un autre gamin. Un gosse à peine plus âgé, le visage caché sous une capuche. Son seul ami ici. Il s'approche, tenant dans les bras son panda en peluche. Une espèce de masse difforme aux yeux arrachés dont le contenu en mousse déborde par tous les orifices. Un doudou rapiécé des dizaines de fois. Compagnon d'infortune. Silencieux, mais fidèle. Toujours positif. L'ourson est posé avec soin à côté du dessin. Curieux, le plus âgé demande alors :

— Tu dessines quoi Gabriel ?

— Des palmiers, le soleil. Pour avoir toujours chaud.

— Et ça ?

— C'est un bateau pour m'en aller.

— Et ça, c'est qui ?

— Ma maman et mon papa. Pour les retrouver. Je ne veux plus être ici.

— Tu sais où ils sont ?

— Non…

— Et toi Frédéric, tu sais où sont tes parents ?

Une adulte rejoint les deux enfants et s'accroupit. Un visage doux. Un léger embonpoint. Un pull difforme gris chiné. Des cheveux acajou coupés au carré. Elle contemple l'œuvre de Gabriel. Et tapote avec bienveillance la chevelure du petit Frédéric.

— Vous êtes prêts pour le spectacle de Noël ? Ça va être chouette. Il y a même une surprise…

— Oh oui ! Il y aura des cadeaux ?

Une éducatrice traverse le réfectoire au pas de course en s'écriant :

— Vivianne ! Viens vite ! Ça chauffe à l'accueil !

Les portes d'entrée du hall d'accueil sont grandes ouvertes. Laissant s'engouffrer le froid de décembre. Des éclats de voix d'un homme furieux s'échappent depuis le couloir qui mène à la réception. Bientôt la découverte. Les deux éducatrices arrivent essoufflées pour rejoindre la responsable du service. Là, un homme titube devant la directrice de l'établissement. Il meugle en boucle :

— Je veux voir mon fils ! Laissez-moi voir mon fils !

La responsable réplique froidement :

— Vous n'avez plus aucun droit parental sur votre enfant. Veuillez sortir d'ici maintenant.

L'homme s'approche d'un air menaçant, il la dévisage.

— Mais tu es qui pour me juger ?

— Personne ne vous juge monsieur. La justice s'en est déjà occupée… Vous semblez avoir bu plus que de raison. Rentrez chez vous. Ça vaudra mieux pour tout le monde.

— Vous ne savez rien de moi ! RIEN ! Et vous venez me donner des leçons…

***

Décembre 1974 - Royan - Clinique de Pasteur - Service des urgences

Une nuit glaciale de décembre. Le break Volvo s'arrête devant l'entrée des urgences de la clinique

Pasteur à Royan. Il lâche le volant puis descend du véhicule en quatrième vitesse. Il fait le tour pour ouvrir la portière. Elle est sur le point d'accoucher et souffre d'une fin de grossesse difficile. Les mains sur le ventre. Elle quitte l'automobile. Le visage tendu et fatigué. Surventilée. Horrifiée. Affolée. Crispée par la douleur. Le front en nage. Elle se plaint de maux de tête atroces entre deux contractions. Le couple passe la porte du service. L'équipe se précipite pour prendre en charge la jeune femme en une fraction de seconde. Mais elle convulse immédiatement. Ses yeux se révulsent et elle perd connaissance avant de s'écrouler sur le sol en vinyle. Un brancard est amené sur le champ, on la transfère en prenant la mesure de ses fonctions vitales. Un masque posé sur son visage. Mise en place du monitoring. Elle traverse inconsciente les couloirs en direction du bloc réservé à l'équipe néonatale. Lui reste là. Refoulé par les praticiens à l'entrée du service. Dans le bloc opératoire, l'agitation gagne l'équipe de garde :

— Qu'est-ce qu'on a ?

— Femme 30 ans. Vient de perdre connaissance en arrivant. Convulsion tonique. Col dilaté à 10. Le bébé est engagé. Tension artérielle élevée et instable. Rythme cardiaque à 160. Le monitoring est mauvais. Pouls à 40 pour le fœtus. En baisse à chaque contraction. L'enfant est en souffrance. Il faut une césarienne d'urgence.

Après 1 h 30 d'une attente préoccupante, l'obstétricien sort du bloc. Il retire son masque et progresse dans le couloir. Son collègue chirurgien vient discrètement aux nouvelles, entre deux portes.

— Alors ? Ton intervention ?

— Un enfer…. Un monitoring mauvais avec un RCF en chute à 40 pour chaque contraction. Césarienne en catastrophe sous AG. Coma post éclampsie de la mère. HTA et toxémie gravidique. Complication rénale sévère. La poisse…

— Une MFIU ? Mon pauvre vieux.

— Non, le bébé a pu être sauvé… Circulaire cervicale de cordon. Classique… Il était engagé.

— Hmm… Compliqué.

— Pour finir, le cordon était à la fois autour du cou, mais aussi beaucoup trop court. J'ai dû clamper, mais…

— Merde… Hématome rétro placentaire ?

—… Un calvaire…

— Excuse-moi… Mais… Tu aurais pu éviter ça… ?

— Le cordon était vraiment très court… Elle n'aurait de toute manière pas survécu. Pour couronner le tout, un Œdème cérébral. On n'a rien pu faire…

—… Hmmm la toxémie… C'est dur… Je suis désolé vieux…

— Le plus dur… C'est qu'il me reste à l'annoncer…

— Le père est là ?

—… Au bout du couloir…

Les deux docteurs se séparent. L'urgentiste marche lentement vers la salle d'attente. Il tente de dissimuler la tristesse liée à son échec. Il prend une profonde inspiration et débute la tâche la plus ingrate au monde pour un praticien :

— Monsieur Moreno ?

L'homme bondit de sa chaise.

— Oui ? Comment vont-ils ?

— Votre enfant va bien. Nous terminons de le préparer. Vous pourrez bientôt le voir.

— Et Élise ?

—…

Le docteur serre la mâchoire. Se pince les lèvres pour trouver les mots justes. Puis il pose sa main sur l'épaule du mari avant de poursuivre :

— Nous avons fait… Le maximum… Tout ce qui était en notre pouvoir… Pour la sauver…

— Je comprends pas… Où est-elle ? Je peux la voir ? Je veux la voir ! Où est Élise ? Je veux voir Élise ! Laissez-moi passer !

— Je suis désolé… Nous n'avons rien pu faire… Elle n'a pas souffert…

***

Retour en 1979, dans le foyer.

Dans le hall d'accueil du foyer, l'individu conclu avec des trémolos dans la voix. Du bout des lèvres, le désespoir d'un homme aux abois. En reniflant, il s'adresse à nouveau à la responsable :

— Je n'ai pas trouvé la force de vivre sans elle… Je suis un minable. J'ai sombré. C'est comme ça, je suis devenu un fantôme, une épave. Oui, j'ai presque tous les vices. La vodka, le rhum aussi. Comment voulez-vous que je trouve la force de vivre sans lui à présent ?

L'assistance, gênée par le monologue dramatique, n'ose intervenir. L'homme s'accoude au comptoir de l'accueil. La responsable préfère s'abstenir. Puis il desserre son poing. Sous l'œil fuyant des quelques témoins. Au creux de sa paume, une chaîne avec comme pendentif, une bague en or blanc qu'il dépose avec minutie.

— Le collier était à moi. La bague à sa mère. Pouvez-vous simplement lui remettre ceci ?

— Monsieur Moreno… Écoutez…

— Faites-lui passer… Je vous en supplie… Je n'ai que ça… C'est Noël…

***

Le soir de la mort de Delphine…

Dans la cuisine, il repense à cette bague et à son passé. Gabriel ressent à nouveau le parcours de la lame le long de sa nuque qui déclenche un frisson. Ça ne peut pas se terminer ici. Pas comme ça. Cette situation a assez duré. Alors que le couteau se lève au-dessus de sa tête, prêt à frapper. Il craque. Il va parler.

— OK... OK... Arrêtez tout… STOP ! Je sais. Pour l'enveloppe, le paquet… Je sais où est le paquet.

En guise de réponse, on dépose le couteau sur la table. Sagement. À côté de sa tête. Sont-ils enfin disposés à l'écouter ? Les ravisseurs le redressent sur sa chaise. Il reprend :

— Je peux aller la chercher. L'enveloppe est là… Tout près.

Le tireur se poste face à lui de l'autre côté de la table. Il se courbe en avant, dégaine son arme et la place à nouveau sur le front de Gabriel. En prenant soin d'enlever le cran de sécurité histoire de lui indiquer qu'ici, on ne plaisante pas. Gabriel tente de garder son sang-froid. Et de proposer avec aplomb :

— Je suis le seul à savoir visiblement. Me tuer, c'est la perdre. Je suppose que vous le savez déjà… Je serai déjà mort sinon… Je vais aller la récupérer. J'ai rien de mieux à vous proposer.

Un silence de concertation. Les cagoulés s'observent en restant muets. Comme s'ils pouvaient communiquer en un regard. Le tireur range son calibre. Gabriel est fouetté par un coup de poing au visage. Il tombe de sa chaise et s'affale à terre. Les mains liées, c'est avec le menton qu'il heurte le sol. Encore sonné, on le remet sur pied. On vient de lui rappeler qui mène la danse ici. Vient-il de payer le prix de son insolence ? Ou entament-ils le prologue sanglant de son exécution ? Le plus grand des assaillants retourne Gabriel. Il empoigne le couteau pour rompre ses liens. Puis sous la menace de son revolver, il l'invite à avancer.

— L'enveloppe… Elle est à l'étage…

Escorté par l'homme fort, Gabriel s'engage dans l'escalier. Qu'il monte lentement. Les mains bien en évidence. Une fois à l'étage dans le couloir, il se rend mollement dans la chambre à coucher. La boîte en métal est toujours là. Posée au sol, à proximité de la commode. À l'intérieur son arme qui peut tout changer. Un pas après l'autre, Gabriel s'approche tout près de la caissette verte sous le regard vigilant de l'homme cagoulé. Il se penche en douceur. Puis s'agenouille lentement. Sentant la présence dans son dos, il s'incline un peu plus de manière à cacher l'angle de vue. Il ouvre la boîte calmement. Saisit la crosse du revolver. La prend en main du mieux possible. Il n'aura pas droit à l'erreur. Il pose son doigt sur la gâchette. L'issue est incertaine. Mais il n'a rien trouvé de mieux. Compter jusqu'à 3 avant de déclencher l'assaut, le bain de sang. 1… Pour Delphine, pour lui… 2… Bien viser la tête, ne pas hésiter un seul instant… 3 ! Il se retourne brusquement pour abattre son ravisseur. La chambre est vide. Il est seul.

***

Palais des congrès Royan. Une semaine avant…

De grosses cylindrées. Des berlines luxueuses et des sportives hors de prix stationnent devant le palais des Congrès. Porsche, Aston Martin, et autres Bentley. Sur le parvis, les retardataires affluent encore dans le froid et pressent le pas jusqu'à l'entrée. Ce soir, tout le gotha royannais s'est réuni à l'occasion d'un meeting dédié au projet de revalorisation du port.

Le maire, des élus influents de tous bords, des investisseurs, et tout un parterre d'invités prestigieux se dirigent dans une ambiance bonne enfant vers la salle de conférences principale. Dans le vaste hall de réception, du champagne et des petits fours d'un raffinement extrême. Sur les panneaux d'affichage, l'événement de la soirée. Le discours du porteur du projet. La photo d'un homme d'action, élancé, grand et athlétique. Dégageant une belle confiance en lui. Doublé d'un sourire efficace. Frédéric Blédi. Le gratin s'entasse dans la bonne humeur. Chacun prend position. Le brouhaha dans la salle s'apaise. L'intervenant se place au milieu de la scène. Décontracté, presque à son aise. Campant fièrement derrière son micro. Prêt à débuter le show. Sur le bord de l'estrade, Gabriel admire Fred se lancer avec facilité face à l'auditoire. Fan de la première heure, il l'applaudit fièrement. Quel parcours époustouflant ce Fred ! Une carrière fulgurante. Du foyer pour enfants des "A.S.", jusqu'ici. Cette rage de réussir sans faille. Cette motivation inébranlable. Un camarade qui force l'admiration. Cette soirée dédiée au port, c'est un peu la sienne. Le sacre d'un leader qui revient de loin.

— Mes chers amis et partenaires. Merci d'avoir répondu présent en ce soir si particulier. Comme vous le savez, avec le concours de la commune de Royan, du conseil général et de la région, nous avons pu donner une suite favorable à une vision. Ma vision. La vision d'un port plus grand. Mais aussi plus attractif. L'opportunité d'un futur radieux. Un axe majeur du développement de la ville. Un virage important, voire indispensable à la commune et au département tant sur le plan économique, que social ou environnemental. Ce soir je parle au nom de toute une équipe. Nous sommes fiers, de vous dévoiler en avant-première, les images de synthèse de ce projet audacieux qui puise son sens dans l'ouverture, la rentabilité, la simplicité et la durée. Comme vous pouvez le voir sur les visuels projetés derrière moi […] métamorphoser le port de plaisance en une plate-forme maritime incontournable du littoral est un pari que nous avons décidé de tenir. Rendre à la commune sa puissance économique liée à son emplacement géographique inestimable, tout en respectant l'environnement… C'est la vision que nous avons choisi de défendre. Vous savez, ce projet est un symbole. Le symbole d'une agglomération forte. Un symbole de concertation, et de confiance mutuelle. Un symbole de dynamisme et d'audace. Mais aussi et surtout, le symbole d'une génération d'élus qui pratiquent une politique innovante avec la volonté de fédérer tous les acteurs locaux au service de l'avenir du Grand Royan. Et plus modestement, ce projet est un symbole personnel.

Gabriel croise les bras, étonné de la tournure que vient de prendre le discours. Son téléphone vibre. Un message de Delphine qui lui donne du fil à retordre. Un ultimatum de plus. Une nouvelle dispute en perspective qui vient entacher le fil de la soirée.

—… Le symbole d'un futur où tout est possible. La récompense de mon abnégation. Tout simplement, l'aboutissement d'un parcours… Dans une partie au cours de laquelle j'ai hérité des mauvaises cartes dès le départ. Pour ceux qui ne le savent pas, je suis la preuve qu'une enfance chaotique n'est pas la fatalité. Que l'on peut être né sous X et avoir de grands projets. Je suis convaincu que nous pouvons changer notre trajectoire à tout moment. Il suffit de s'y atteler. De travailler. De beaucoup donner. Et par-dessus tout, d'être entouré par les bonnes personnes. C'est donc l'occasion pour moi, de remercier la fabuleuse équipe qui travaille à mes côtés, ainsi que les personnes de confiance qui ont su m'accompagner jusqu'ici. Je pense plus particulièrement à Gabriel Moreno, présent ce soir. Une personne clé dans ce projet. Un soutien indéfectible. Une personne aux compétences reconnues. Et mon ami d'enfance. Merci à tous pour votre écoute, je vous invite à rejoindre le banquet organisé à la réception et à échanger autour de la maquette que nous dévoilerons dans une petite demi-heure.

Un tonnerre d'applaudissements conclut l'allocution de Frédéric. Il quitte l'estrade sous les ovations du public. Gabriel rejoint la réception en fendant la foule qui s'agglutine autour des verrines créatives et du champagne à volonté. Attrapé par le bras, il se retourne. Fred vient à sa rencontre. Très heureux de pouvoir enfin lui présenter sa nouvelle conquête. Gabriel semble mal à l'aise. Expliquant qu'il doit rentrer. Qu'il y a de l'eau dans le gaz avec Delphine. Il doit partir pour calmer le jeu. Son ami insiste, rétorquant qu'il y en a pour deux minutes. Juste le temps de faire les présentations. Elle ne devrait pas tarder. Frédéric scrute la foule à la recherche de sa compagne. La somptueuse amante arrive enfin.

— Où tu étais passée ? Je veux te présenter Gabriel. Mon ami d'enfance…. Gabriel, je te présente…

Frédéric se retourne vers Gabriel, mais il n'a pas pu attendre. Il est déjà à plusieurs dizaines de mètres, fendant la foule, sur le point de quitter le hall du Palais. La jeune femme ne cache pas sa déception.

— Depuis le temps que tu me parles de Gabriel…

— Je sais Sophia… Je suis désolé, mais ce n'est que partie remise.

***

Soir de la mort de Delphine.
Dans la chambre à coucher chez Delphine et Gabriel.

Seul, dans la chambre à coucher, Gabriel est droit comme un i. Le revolver toujours braqué en direction de la porte. Mais il n'y a personne. Son ravisseur vient de filer à l'anglaise. Comment est-ce possible ? La vibration du téléphone de Delphine interrompt son effroi. Elle l'avait oublié là. Il croit rêver. Avec l'appareil laissé au bord du lit avant que tout ne bascule, Gabriel entrevoit la possibilité d'alerter les secours, la police. Les voisins. N'importe qui… Il se précipite sur le précieux téléphone. Déverrouille l'écran d'accueil. La première chose qui apparaît est une notification, accompagnée d'une nouvelle vibration :

« 1 % de batterie restant. Veuillez brancher votre chargeur.

OK / Fermer »

Une fois la notification disparue, l'écran affiche la dernière fenêtre utilisée par Delphine. Les messages envoyés. Un mélange de stupeur et d'incompréhension frappe Gabriel en découvrant le dernier SMS composé par sa femme avant de mourir :

Message envoyé :

23 h 17

Quand tu veux.

Interloqué par ce qu'il vient de lire. Tout s'embrouille dans sa tête. Pourquoi ce message ? Qui est le destinataire ? Mais il doit se ressaisir. Il pensera à tout ça plus tard. Dans l'immédiat, il doit survivre. Et par-dessus tout, appeler à l'aide. À peine a-t-il le temps de revenir sur l'écran d'accueil pour composer le numéro d'urgence que le téléphone vibre une dernière fois.

« Arrêt en cours… Votre périphérique va s'éteindre. »

Complètement à plat, le téléphone de Delphine est hors tension. La seule chance pour lui d'avoir le moindre renfort est balayée en quelques secondes. Il glisse le mobile de Delphine dans sa poche. Des questions martèlent son crâne. À qui a-t-elle pu envoyer ça ? 2 heures avant sa mort ? Quelques minutes après la dispute ? C'est insensé!

Il y a du mouvement en bas. La porte d'entrée qui claque interrompt son flot de questions. Que se passe-t-il ? L'arme au poing, Gabriel sort de la chambre. Il descend les escaliers sur la pointe des pieds. Avec la plus grande prudence. Néanmoins déterminé. Prêt à les abattre un à un. Sans aucun remords. Dans un bain de sang. À chaque marche foulée, enfle la vengeance qu'il nourrit depuis l'exécution de Delphine. Ce sont des tortionnaires. Des meurtriers. Froids. Implacables. Organisés. Pour le sang de Delphine, il leur fera sauter la cervelle sans hésitation. Il déchiquettera leurs corps sous le sifflement des balles. Il y perdra certainement la vie. Mais, maintenant qu'il est armé. Ils vont devoir payer. C'est sûr. Son pied prend appui sur dernière marche. Le rez-de-chaussée. Le revolver de Gabriel balaye la pièce rapidement de gauche à droite. Stupéfaction. Dans le viseur, absolument rien. La cuisine est laissée à l'abandon. Le couteau trône encore sur la table. La chaise est toujours basculée sur le carrelage humide. Sur le rebord de l'évier. Une plume turquoise bouge lentement sous l'influence d'un courant d'air.

Gabriel progresse lentement vers le salon. Est-ce encore un guet-apens ? Il retient son souffle. À l'affût d'une ombre. D'un bruit. Il avance lentement. En tentant de maîtriser le tremblement qui l'envahit. Observant la pièce se dévoiler peu à peu depuis son angle de vue. Derrière son flingue, il s'incline très discrètement le long du montant de la porte pour scruter la pièce à vivre. Son arme tombe à terre. Le corps de Delphine a disparu. Seule une traînée de sang fuit en direction de la porte. Ils ont emporté le corps.

Gabriel se rend au milieu du salon sans parvenir à y croire. Delphine n'est plus là. Ils sont bel et bien partis. Son pied heurte un petit étui en carton. Une fois accroupi, il défait le couvercle de la boîte. Le souffle coupé. Sa main plaquée sur la bouche pour retenir un cri de désespoir. Une petite carte accueille une photo de la pointe de Suzac au coucher du soleil. Cette photo lui rappelle ce sentier discret gorgé de soleil en septembre. C'est ici qu'ils l'ont fait la première fois à l'extérieur. Le sourire de Delphine. Son élan pour croquer la vie à pleine dent. L'envie de braver l'interdit. De s'envoyer en l'air en pleine nature, sur une falaise qui surplombe l'estuaire. Il retourne la carte.

« Je suis ton deuxième cadeau. Je t'aime »

Au fond de la boîte, deux bandelettes colorées au milieu d'un test de grossesse. Une attention sournoise de ces ravisseurs vicieux qui brise Gabriel en une fraction de seconde. Son visage se plisse. Sa gorge l'étrangle. Ses sourcils se froncent. Sa poitrine se serre. Son cœur explose. Un long gémissement déchire le silence pesant du pavillon vide. Il vacille. Gabriel perd l'équilibre. Terrassé par le chagrin. Il lâche la boîte dans un spasme incontrôlable. Implorant Delphine et son pardon. Enrageant contre cet amour fauché par le parabellum. Hoquetant par terre, noyé dans des larmes de regret. Rongé par l'amertume des espoirs déchus. Par la noirceur du vide. L'âpre fureur qui bouillonne dans ses tripes. La douleur d'un chaos dont on ne voit jamais la fin.

CHAPITRE 6

Royan - Clinique Pasteur. Service gynécologique.
Il y a 6 mois.

La serviette rêche en papier jetable effleure sa peau. Produisant un bruit qui n'a rien d'agréable. Ôtant le gel transparent et froid qui recouvre encore son ventre, Delphine se rhabille ensuite en silence. Le gynécologue, d'habitude si détendu semble particulièrement sérieux aujourd'hui. Tout en s'installant à nouveau dans sa chaise, le praticien invite Delphine à le rejoindre. Gabriel observe la scène depuis sa position sans broncher. Il n'est pas vraiment à sa place. Pourquoi est-il ici exactement ? Il n'en sait rien. L'obstétricien prend un air grave. L'examen et les analyses dont il dispose ne sont pas optimistes. L'homme au visage d'ordinaire jovial et aux cheveux grisonnants s'appuie sur le dossier en attendant que Delphine regagne le bureau. Le visage fermé, Gabriel reste silencieux. Delphine a pourtant besoin de sa présence. Chaque rendez-vous ici la renvoie à ses difficultés à concevoir. Cet enfant qui tarde à venir les préoccupe depuis des mois. Delphine les rejoint et se pose au côté de Gabriel, sans vraiment se douter du verdict qui l'attend. Le toubib tourne les pages du compte rendu, puis s'adresse couple :

— Je ne vais pas vous mentir. Ce n'est pas simple. Vous allez devoir garder le moral.

Gabriel serre la main de Delphine, compressant les phalanges à la limite du supportable. Le docteur continue.

— Pour être clair, vous avez des kystes sur les ovaires ainsi que tout un faisceau de facteurs qui rendent difficile la fécondation naturellement.

Gabriel imagine le pire et se décompose. Delphine fronce les sourcils puis demande, inquiète :

— Vous voulez dire que je suis stérile ?

— Non, je n'ai pas dit ça. Vous avez des éléments qui limitent la fécondation. Simplement, il faut envisager un traitement plus conséquent. On observe généralement différentes étapes dans le protocole de soins qui vous concerne. Dans le cas d'une évolution défavorable, on envisagera une décision chirurgicale comme un Drill ovarien par exemple. Et enfin, il faudra réfléchir à une FIV.

Le visage de Gabriel se ferme un peu plus à chaque mot. Delphine s'assure d'avoir bien compris.

— Donc en résumé, si le traitement n'y fait rien, il faut m'opérer ou avoir recours à une fécondation in vitro ?

— C'est bien ça. Mais nous avons le temps... Ne paniquez pas... On obtient de très bons résultats avec le protocole sans avoir à aller au bout du processus.

Gabriel est blanc. Déconcerté. Silencieux. Son front perle. Sa main est instinctivement posée sur le ventre de Delphine. Sur ce corps qui tarde tant à leur offrir ce qu'il y a de plus beau. Qu'est-ce qui cloche chez eux ? Qu'ont-ils fait pour mériter ça ?

En refermant le dossier. Le docteur attrape son dictaphone, et presse le bouton d'enregistrement. Un compte rendu à destination du médecin traitant :

" Cher confrère, je reçois aujourd'hui, Madame Moréno... Euh... Delphine, 32 ans... Dans le cadre d'un désir de grossesse confronté à une infécondité par anovulation. Un syndrome SOMPK, consolidé par un faisceau d'indicateurs probants. Présence de troubles menstruels caractérisés par des cycles ovulatoires perturbés. Anomalie de la courbe ménothermique biphasique, Dysovulation avec syndrome prémenstruel et métrorragies fonctionnelles. Notons un début pubertaire d'hirsutisme à intensité plutôt variable pour un score

de Ferriman égal à 8. Bilan hormonologique, BMI à 27. Rapport LH/FSH et taux d'homocystéine élevé. Stop. L'examen échographique révèle de nombreux follicules et mycrokystes folliculaires prédominant en périphérie. Une nette augmentation de la surface et du volume ovarien. L'augmentation de la surface du stroma consolide le diagnostic. En conséquence, cher confrère… Je préconise un traitement visant la dystrophie ovarienne. Stop. Administration de metformine et du citrate de Clomiphène comme inducteur d'ovulation. Stop. Possibilité d'envisager une intervention en vue d'un Drill ovarien ou autre décision chirurgicale dans le cas d'une évolution péjorative de la situation. Stop. Je vous remercie, cher confrère. Formules de politesse. Stop."

Tout ce charabia médical lui donne la nausée. Ce vocabulaire incompréhensible ne le ramène qu'à une seule chose : sa situation d'échec. Son incapacité à devenir père. Sans dire un mot, il se quitte sa chaise et décampe du cabinet gynécologique en claquant la porte derrière lui. Delphine se confond en excuses auprès du praticien et lui emboîte le pas. Il traverse à toutes jambes les couloirs déserts et aseptisés de la clinique. Puis il dévale les escaliers, sa poitrine se serre. Il a du mal à respirer. Les larmes lui montent aux yeux. Il faut qu'il prenne l'air. Qu'il respire. De l'air. Sa fuite le place au milieu du parking dans lequel des dizaines d'inconnus s'agitent autour de lui. Ignorant parfaitement l'épreuve qui le tourmente.

Delphine le rejoint, lentement elle lui attrape la main pour essayer de l'apaiser. Elle cherche son regard, mais tout ce qu'elle distingue au fond de Gabriel c'est une fêlure. Cette chose brisée qui ne reviendra jamais. Alors, elle s'efforce de lui glisser des mots justes, de le rassurer. De dédramatiser. Le problème est simplement médical. Il y a forcément une solution. Ce n'est pas une impasse. Il n'y est pour rien. Elle non plus d'ailleurs. Il faut garder espoir. Le gynécologue l'a certifié. Le traitement peut fonctionner. Et même si ce n'est pas le cas, il reste bien d'autres options.

Gabriel sait qu'elle a raison, mais tout ça ne l'apaise pas. La situation est tristement simple. C'est l'ironie de la vie. Le destin. Le tout-puissant ou encore la nature. Lui, qui souffre de ne pas avoir eu de père. Il ne pourra jamais avoir de fils. S'évertuer à savoir qui est le coupable… Ou se dire qu'il n'y en a pas… Mettre ça sur le dos de la médecine… Sur son dos à elle… Sur la faute à pas de chance… Ou en faire une affaire personnelle ne change rien. Le résultat est là. Ils sont face à cette incapacité à donner la vie. Bien sûr qu'il y a un espoir. Que sa réaction est disproportionnée. Mais, tout cet échec le ramène à son passé. Le foyer, les aides sociales, l'orphelinat. À toute son enfance durant laquelle il a été ballotté de foyer en foyer, de famille d'accueil en famille d'accueil sans jamais se sentir vraiment chez lui. Passer son enfance en transition. Sans jamais pouvoir s'accrocher à un père. Priant pour que la prochaine tutrice ne soit pas pire que la précédente. Ce qui est fait est fait. Il s'était persuadé que tout ça était derrière lui. Il pensait pouvoir s'en accommoder et aller de l'avant. Mais l'idée de ne peut-être jamais pouvoir tenir son propre enfant dans les bras…

Tout ça établit une connexion insoutenable entre deux points obscurs de son existence qui le terrifient. Le plaçant au-dessus d'un abîme de solitude. C'est un grand vide qui l'aspire irrémédiablement vers le fond. La paternité dont il a manqué, et celle qui s'étiole pour les années à venir. Imaginer que la nature a tout prévu, que c'est peut-être un mal pour un bien. Qu'on a décidé là-haut, qu'il n'a sans doute pas les épaules pour être père. Que c'est une histoire de karma ou de destinée. Un truc plus fort que lui et ses misérables petites envies. Penser à tout ça, le fait basculer définitivement dans un brouillard d'amertume qui ne le quittera plus. Aucun mot, ni aucun regard ne peuvent combler ce vide. Rien ne pourra jamais le réchauffer à l'intérieur.

***

De retour à la maison. Nuit de la mort de Delphine…

Gabriel est prostré à terre, terrassé par le chagrin, accablé par la disparition de Delphine. Le test de grossesse dans les mains, il réalise le cadeau fabuleux qui l'attendait. Delphine enceinte. C'était donc possible. Tous les souvenirs remontent en lui. L'optimisme éternel de sa femme. L'audace qui l'anime. Cette ardeur qui l'enflamme. Son besoin d'aller de l'avant. Sa formidable capacité à garder espoir. Tous ces matins croqués à pleine dent avec enthousiasme. Sa force à se remettre des déboires. Sans regret, sans aucun doute. Sans se poser la moindre question. Son sourire, qu'elle affiche sans peine en toutes circonstances. Son euphorie constante à la seule idée d'être en vie. Même quand tout semble aller de travers et que le quotidien fouette leur couple à grands coups de petits tracas. Tout cet amour qu'elle propage. Partout et tout le temps. Cette énergie positive qu'elle répand. Sur les murs, dans le lit, jusqu'au plafond. Cette joie qu'elle cultive. Sans jamais penser à la mort. Tout ce qu'elle est… Tout ce qui fait d'elle la plus belle personne qu'il n'ait jamais rencontrée. Mais elle a disparu. Elle était la vie. Elle était le possible. Elle était tout. Elle aurait été une mère incroyable.

Et lui ? Qu'a-t-il fait pendant qu'elle était en vie ? Se renfermer ? Se morfondre. Se plaindre sur son sort et sa trajectoire présumée scellée. Sur son passé. En restant focalisé sur ses manques. En devenant irritable. Insupportable. Odieux et instable. Se complaisant dans un rôle de martyr doublé d'un moins que rien. S'éloignant d'elle jour après jour. Au lieu d'en profiter tant qu'il pouvait lui tenir la main.

Oubliant que le plus important est ce que l'on choisit de devenir. Qu'il n'y a rien de plus précieux que l'instant présent. Rien de plus précieux que la vie. Rien de plus précieux que Delphine.

Affligé de remords, ses doigts s'écartent, laissant tomber la deuxième carte d'anniversaire sur le sol. Juste à côté de la traînée de sang. Les yeux noyés de larmes, qu'il essuie tant bien que mal. Il contemple le carton qui s'imbibe lentement d'hémoglobine sur l'angle. Ce rouge qui s'étale lentement sur la matière. Presque comme un être vivant absorbé par le papier. Puis il réalise qu'au milieu de la flaque rouge, une empreinte de pas est là. Il se relève pour prendre de la hauteur. Une fois debout, il positionne son pied juste à côté de la trace de pas afin de comparer.

Une pointure beaucoup plus petite que la sienne. Il fait du 44. C'est un petit 38. À bien y réfléchir, c'est vrai que le tireur semblait petit. Au point de chausser du 38… ? Une pointure de femme peut-être… Une femme qui aurait donc marché dans le sang lorsqu'on a déplacé le corps de Delphine… Une femme… UNE FEMME ! Gabriel percute. Faisant le rapprochement avec Sophia. Son étrange lien à l'affaire. Sa sacoche chez lui. Toute cette merde avec des hommes armés l'autre soir. Elle trempe dans l'exécution de Delphine. Peut-être même qu'elle est l'un des individus en noir. Cachée sous sa cagoule. Sophia… La garce.

Il se remet en mouvement puis reprend ses esprits. Oui. La mallette de Sophia ! Dans le garage ! Entre le cumulus et l'énorme carton. Tout ça lui revient à présent. Une nouvelle lueur dans son regard. Peut-être qu'il est passé à côté d'informations cruciales la dernière fois. Peut-être même des informations sur ses complices. Il y a moyen d'en savoir plus sur elle dans tous les cas. D'un pas vif, il quitte le salon.

***

15 jours avant…

Dans la casserole en fonte sur la gazinière, la spatule en bois tourne en rond rigoureusement. Delphine s'incline pour humer le fond de sauce qui réduit. Discrètement, il arrive derrière elle. Elle est surprise lorsqu'il pose en douceur les mains sur ses hanches. Gabriel sait qu'il doit y mettre du sien. Bien conscient que ses vagues à l'âme doivent cesser d'éclabousser leur couple. Au moins une journée pour commencer.

Il respire ses cheveux, adresse quelques compliments, puis demande à goûter le plat qui mijote depuis un moment maintenant. Il souffle sur la cuillère fumante. Sur le point de délivrer le verdict quant à l'assaisonnement, lorsqu'ils sont interrompus. On sonne à la porte d'entrée. En ouvrant, il se trouve face à un livreur, son fameux camion marron et un colis d'une taille importante. Après avoir signé pour accuser réception, le coursier lui souhaite bon courage et reprend la route sans tarder. Gabriel fait entrer l'énorme carton dans le salon avec toute la peine du monde. Comprenant trop tard la raison pour laquelle le livreur venait de lui souhaiter du courage. Depuis la cuisine, Delphine lui demande de ranger le colis dans le garage. Expliquant que c'est pour elle. Lorsqu'il s'inquiète du contenu, elle rétorque qu'il n'a pas son mot à dire. Il n'a pas de question à poser non plus. Il n'a pas à savoir. Elle rajoute avec un air malicieux que si elle le surprend en train d'essayer de l'ouvrir… Elle sera obligée de le punir.

Ayant à cœur de conserver l'atmosphère chaleureuse dans la maison, Gabriel se conforme à la demande sans broncher. Déplaçant non sans mal, le carton monumental en direction du garage. À la recherche désespérée d'une place dans la pièce déjà pleine à craquer. Au milieu de tout ce foutoir, l'équation risque d'être complexe. Il trouve finalement une solution à côté du cumulus. C'est de toute manière le seul emplacement disponible ici sans risquer une lombalgie. Il referme la porte du garage derrière lui avant de regagner le salon. À nouveau disponible pour sa belle.

Le téléphone fixe sonne alors qu'il passe devant. Delphine est aux fourneaux, il est bien obligé de prendre l'appel. À l'autre bout du fil, Gabriel perçoit la voix hésitante d'un étudiant. Il paraît jeune, c'est peut-être même un ado. Celui-ci bredouille et fait référence à « l'annonce » :

— Mais quelle annonce ?

— Pour le job.

— Quel job ? Y a pas de job !

Gabriel coupe court. Expliquant qu'il s'agit manifestement d'une erreur avant de raccrocher sèchement.

***

5 h 00. Dans le garage. La nuit du meurtre de Delphine…

Le grésillement à peine perceptible de l'éclairage est toujours le même. Ce son presque inaudible qui le renvoie à ses souvenirs. Lorsqu'il a emménagé ici, il se souvient de la pièce vide. De tout ce qu'il comptait en faire. De son envie d'y entreposer quelques outils, un établi. Et pourquoi pas de quoi peindre lorsqu'il en aurait eu le besoin. Puis il a rencontré Delphine. Les projets autour de la salle ont quelque peu changé. Tour à tour, ils l'ont envisagé comme un futur bureau, puis il était question de lui redonner une véritable fonction de garage, et enfin, ils caressaient ensemble le rêve de transformer les quatre murs en chambre d'enfant… La lumière timide du garage dévoile à nouveau le foutoir accumulé par Delphine. Des cartons, des boîtes à chaussures, des revues et des poches de vêtements composent essentiellement ce capharnaüm qu'elle adorait entretenir. Gabriel se faufile au milieu du boxon, en direction du ballon d'eau chaude. Au prix d'une contorsion entre les bibelots qui prennent la poussière et l'humidité, il atteint le cumulus. À son pied, la sacoche de Sophia attend bien sagement. L'énorme carton entreposé juste à côté lui, a disparu.

Gabriel s'empresse de revenir dans la cuisine afin d'ouvrir le porte-documents. Fouillant dans le compartiment central, il examine les effets personnels de Sophia avec la plus grande attention. Persuadé d'être passé à côté de quelque chose lors de ses précédentes recherches. Il étale le contenu au fur et à mesure sur la table. Il parcourt en détail les documents survolés la dernière fois. De la paperasse administrative sans importance, des tableaux de gestion, des comptes rendus laconiques, les mêmes cartes de visite écornées. Puis il explore les autres poches. Un rouge à lèvres, un vieux paquet de chewing-gum oublié là il y a longtemps, des mouchoirs, des échantillons de parfum. Un paquet de capotes. Rien en somme. Il retourne la sacoche pour la vider complètement sur la table. Il y tombe des morceaux de papier, des bouts de stylo cassés, des miettes, un post-it froissé et une plume bleu turquoise. Gabriel saisit le mémo qu'il défroisse. Il y déchiffre

« 7 Dec. 21h15 »

En date d'hier. Jour où le petit jeu d'actrice de Sophia a débuté… Enfin, Gabriel examine cette plume bleu ciel. Foutue plume qu'il retrouve partout et dont il ignore tout. Tout ce qu'il sait, c'est que Sophia est liée de près ou de loin à l'assassinat de Delphine. Il doit mettre la main sur cette menteuse le plus vite possible.

Convaincu que cette "mademoiselle Pichon" en sait bien plus qu'elle ne le dit, Gabriel doit la faire parler. L'empreinte de chaussure dans le sang de Delphine, la plume, le post-it. Ses mensonges à répétition. Elle ment sur toute la ligne. Il embarque son revolver et quitte la maison, pour foncer en voiture. Il met le contact. Son pick-up démarre en trombe. Direction avenue Pontaillac. Précisément devant l'appartement où il l'a ramenée après la soirée explosive de la veille. À cette heure de la nuit, les rues de la ville revêtent des allures sinistres. Le sol est encore luisant. La route est déserte. Au volant, le long du trajet, il s'agite seul. Cette petite garce trempe là-dedans ! Il en est sûr.

Peut-être même qu'elle connaît Delphine… Delphine… Son téléphone… Gabriel extrait le mobile de sa femme de la poche de son pantalon. L'appareil est désormais en charge sur l'adaptateur de l'allume-cigare. Il sera bientôt fixé. Le dernier message de sa moitié, il ne peut se l'ôter du crâne. Le pick-up arrive à destination. Il éteint ses phares avant de s'arrêter lentement quelques dizaines de mètres avant le domicile de Sophia. L'avenue est calme. Les individus qui traînent dans Royan en plein mois de décembre à 5 heures du matin, se comptent sur les doigts de la main.

Gabriel scrute l'avenue prudemment avant de quitter son véhicule. On ne s'improvise pas tueur professionnel. Mais ne pas se faire remarquer paraît être une bonne base. Il se rapproche discrètement et longe le mur mitoyen. Toujours personne à l'horizon. Il analyse la situation. A priori, aucun signe de vie à l'intérieur. Difficile de croire qu'elle est rentrée se coucher. En tout état de cause, il doit mettre les pieds chez elle. Il doit savoir. Il aura peut-être ses réponses à l'intérieur. Il jette un coup d'œil à droite et à gauche pour être certain de ne pas être vu. Ensuite, il se dirige à proximité d'une des fenêtres au rez-de-chaussée. Le volet roulant n'est pas baissé totalement. Un interstice lui permet de passer les mains et de relever le store pour accéder à la fenêtre. D'un violent coup de coude, il tente de la briser. Mais ça ne marche que dans les films. Il saisit une pierre au sol et la fracasse contre le carreau pour le faire exploser. Le verre éclate en mille morceaux. Il patiente, tapi dans l'ombre quelques secondes. Tendant l'oreille pour capter la moindre réaction à l'intérieur. Rien. La voie est libre.

Ses chaussures foulent le verre qui croustille à l'intérieur. Gabriel pénètre enfin chez Sophia. L'arme au poing. Le doigt sur la gâchette, prêt à tirer dans le noir. Dans l'obscurité, il découvre l'univers de cette femme dont il ne sait presque rien. Il y reconnaît la fragrance au jasmin et à la mûre. Autour de lui, les formes diverses prennent peu à peu leur sens dans le noir. Ce qu'il distingue lui apparaît très artificiel. Neutre, voire psychorigide. Bien rangé. Sans vie. Chaque chose qui se dévoile dans la pénombre semble à sa place. Rien ne dépasse. Comme un appartement témoin qu'on visiterait de nuit. Sur le canapé, il identifie un petit sac de sport noir. Il est encore ouvert. Gabriel s'approche en restant sur ses gardes. À tâtons, il glisse sa main à l'intérieur. De l'argent en liquide. Conscient que tout se précise, il reste vigilant. À l'affût du moindre bruit, du moindre mouvement. Il fait rapidement le tour du petit studio. Puis, il pousse la porte de la chambre à coucher. Avant de s'apercevoir que la surface de la porte est criblée de dizaines de chiffres. Face à lui, le même nombre répété des dizaines de fois : "159 000". L'appartement revêt soudain un visage délirant. Mais il est loin, très loin d'imaginer ce qu'il est sur le point de découvrir.

Sa main glisse sur la paroi jusqu'à trouver ce maudit interrupteur. C'est le choc. Les murs sont recouverts de photos de lui. Quelle espèce de psychopathe peut faire ça ? Au restaurant, au boulot, au palais des congrès, avec Fred, avec Delphine et même seul. En faisant les courses, son jogging. Des clichés volés par cette déséquilibrée chez lui en train de fumer, dans son jardin en train de tondre, pleurant seul dans sa voiture. Des images prises au volant, à pied. Juste à côté ou prises de très loin… Cette malade mentale a transformé la pièce de 10 m² en laboratoire pour sa traque acharnée. Plusieurs photos sont même altérées par des trous de cigarettes à la place du visage. Gabriel prend la mesure des semaines de filature qu'il a fallu pour avoir autant de matière. Il se retourne et découvre un nouveau pan de mur dédié à Delphine. Quand elle sort du Collège Henri Dunant après les cours, d'autres en quittant la maison. La branque ne s'est pas arrêtée là. Des photos de Frédéric à la soirée du congrès, mais aussi sur port avec le maire.

Sur la porte du placard, Sophia a scotché un plan de la ville. Au feutre, sont entourés les trajets de Gabriel. Le quotidien, l'exceptionnel et le ponctuel. Les allées et venues de Delphine, les déplacements de Frédéric. Le golf de la Palmyre est entouré en rouge. Dans le silence, Gabriel marche sur une feuille de papier. La froissant avec sa semelle sur le lino. C'est une carte.

Un plan Google imprimé depuis internet. Son centre est entouré au marqueur. Le document porte le titre :

"06 h 15 - Grand Final"

CHAPITRE 7

Deux mois auparavant…

Dans l'habitacle, la musique est en sourdine. On perçoit seulement le son du chewing-gum qu'elle mastique énergiquement. Le moteur est arrêté depuis un moment. La pluie s'écrase sur le pare-brise sans relâche. On entend les véhicules qui roulent dans les flaques et les rigoles gorgées de flotte. Les balais essuie-glaces vont et viennent dans un duel contre les gouttes. Un combat perdu d'avance. Confortablement assise au volant, elle observe les mouvements du quartier. Tous ces anonymes qui se dépêchent. Qui entrent, sortent, se croisent et s'ignorent dans l'indifférence la plus totale. C'est cette vieille qui traîne son cabas sans oser lever la tête pour dire bonjour. Ce jeune qui erre avec son chien sans laisse. Ce couple qui s'engueule en montant en voiture. Et tous ces piétons qui se hâtent sous l'averse. En dépit de ces banalités du quotidien, son œil s'arrête sur cet homme qui titube à l'angle de la rue. La mâchoire carrée. Un visage presque familier. Les cheveux grisonnants. Légèrement voûté. Luttant contre une toux qui ne date pas d'hier, il s'obstine pourtant à conserver une cigarette à la bouche. Le vieux s'arrête devant une porte d'entrée. Regardant avec méfiance de part et d'autre de la rue. Avant de s'engouffrer probablement chez lui. Dans la voiture, elle tapote le volant comme pour patienter ou pour prendre le temps de réfléchir. Puis elle regarde sa montre avant de saisir le dossier qui traîne sur le siège passager. Une chemise cartonnée bleue, pas bien épaisse, contenant quelques documents et plusieurs photos. Elle feuillette le contenu qu'elle connaît déjà sur le bout des doigts. Puis en extrait une photo. Le cliché dévoile un homme relativement âgé, la soixantaine bien tassée. En t-shirt, une allure négligée. Plutôt maigre. Des airs de Gabriel. Une ressemblance relative avec l'individu qui vient d'entrer chez lui. Mais c'est une similitude suffisante pour elle. En tout cas, il a ce regard si particulier et cette mâchoire carrée qui les distingue. L'index de Delphine effleure la photo. Le doigt frôle une tache de naissance sur l'avant-bras à peine visible sur le vieux cliché.

C'est décidé, elle range l'image dans la chemise qu'elle emporte avec elle. La portière de la voiture claque. Elle traverse la rue sous l'averse et frappe à la porte.

***

Nuit de la mort de Delphine…

La zone imprimée au centre de la carte sur laquelle il vient de marcher est facilement identifiable. Gabriel reconnaît immédiatement le secteur. C'est la pointe de la côte sauvage. Sans parvenir à imaginer exactement ce que peut cacher le terme "Grand final", il sait seulement que l'heure tourne, et qu'il dispose de peu de temps devant lui. Gabriel embarque avec lui le papelard. Il quitte le domicile de Sophia en prenant soin de ne pas se faire voir par le voisinage. C'est avec la ferme intention de se rendre au "Grand final" qu'il regagne son pick-up. Un coup d'œil sur sa montre, il peut encore s'y rendre, mais il faut qu'il fasse vite. Le Ford s'arrache moteur hurlant. Retrouver cette Sophia et lui faire mordre la poussière ? Ou bien la refroidir. Retrouver Delphine… Gabriel rumine. Il roule comme une balle en direction de la sortie de Royan. Avant de s'engager sur les longues lignes droites de la départementale qui mènent à La Palmyre, la diode du téléphone de Delphine clignote. L'appareil est rechargé. Le message lu dans la chambre lui revient à l'esprit. Tout ce mystère qui l'entoure. Il veut en savoir plus. Un œil sur la route, l'autre sur l'écran, il patiente le temps que l'appareil s'initialise. Les données se chargent, le réseau est scanné. La photo de fond d'écran s'affiche. Eux deux. Leur bonheur. En toile de fond, l'horizon depuis la grande côte. Un balayage du pouce pour afficher la boîte d'envois. Il fait défiler l'historique des messages envoyés. Un grand nombre émis à destination d'un même contact.

« Quand tu veux »

« Je crois que je suis prête »

« Tu es où ? »

« Il n'est pas là, appelle moi. »

« tjrs OK ? »

« Il faut qu'on se voit. Dispo ? »

« Besoin de te parler ce soir »

« Il bosse. Tu passes à la maison ? »

« Tu es OK ? »

« Ça m'a fait du bien merci »

« Je ne sais plus quoi faire »

Plus il remonte dans la chronologie, plus Gabriel se sent dévasté. Il laisse tomber le mobile de Delphine sur le siège passager. Et plaque sa main sur la bouche. Horrifié par l'ambiguïté de ce qu'il vient de découvrir. Comment a-t-il pu passer à côté ?

"Je ne sais plus quoi faire"… Cette phrase le gifle. C'est un retour en arrière immédiat. Il y a quelques semaines.

***

Quelques semaines auparavant…

Dans une brasserie du centre. La salade composée déposée maladroitement par un serveur qui visiblement débute dans le métier. Quelques gouttes de vinaigre balsamique sur la nappe blanche viennent sonner une courte trêve. De toute évidence, la discussion houleuse qui se tient ne verra pas le dessert. Delphine reprend la parole en ignorant la présence du jeune garçon de table qui reste planté là.

— Je te propose juste de faire une petite soirée. C'est juste une bouffe entre amis. Pas de bougie… Sans chichi… C'est pas la mer à boire ! On invite que des proches, histoire de passer un bon moment.

— Merde ! Pourquoi tu ne m'écoutes pas ? JE-NE-VEUX-PAS-LE-FETER ! Tu comprends où il faut que je l'explique autrement ?

— Hey ! Un ton en dessous si tu veux bien…

— Je m'enflamme si je veux ! Je te parle comme je veux. Des semaines que tu me gaves avec mon anniversaire.

— Gabriel, je suis fatiguée de tes sautes d'humeur. Je voulais te faire plaisir… Maintenant tu fais comme tu veux. T'es un grand garçon… Enfin… Grand… J'me comprends…

— C'est drôle… Mais tu sais que tu es hilarante en ce moment ?

— C'est toi qui me dis ça ? Tu es triste à mourir mon pauvre vieux !

— Je n'ai pas changé, je n'ai jamais été un grand comique que je sache. Tu me demandes d'être différent.

— Si tu as changé ! Tu t'es renfermé… Regarde… Tu ne veux même plus fêter ton anniversaire… On se prend la tête pour tes 40 ans…. C'est hallucinant ! 40 ans Gabriel… Nos 10 ans… Tu m'as fait le même coup… Ça se fête, c'est important. C'est ce que font les gens normaux… Jusqu'où tu vas aller dans ton repli ?

— Je ne le fêtais pas étant gamin. Je ne l'ai jamais fêté avant de te rencontrer. Ça fait 10 ans que je fais semblant d'aimer ça. Et je n'aime pas ça. La vérité c'est que j'arrive à 40 ans et ça me donne surtout envie d'oublier. De chialer. Ça me renvoie à plein de choses désagréables et j'ai juste pas envie.

— Je ne te comprends pas… Tu as tes amis. Tu as des gens qui t'aiment, tu as réussi, tu t'en es sorti. Tu m'as moi… Quoi de mieux que d'être entouré pour passer ce cap ? Je ne vois pas pourquoi tu t'enfonces dans cette…

— Ben c'est sûr que c'est pas toi, petite bobo "bon chic bon genre" qui n'a jamais manqué de rien, qui peut comprendre.

—…

— Pardon… Je ne voulais pas… Delphine…

Le serveur terriblement gêné, hésite entre fuir la table et faire son job. À savoir, proposer du vin et s'assurer que les clients ne manquent de rien. Finalement, il racle le fond de sa gorge pour indiquer au couple qu'il est encore là.

— Vous… Vous désirez autre chose ? Du vin ou..

Le couple s'interrompt pour cracher en stéréo :

— NON !

Consciente que le pauvre garçon n'y est pour rien, Delphine se ravise.

— Merci, non ça ira…

Soulagé, le serveur se retire sans broncher. Delphine, enfonce le clou :

— La petite bobo se fait du souci pour notre couple. Parce que j'en ai plein le dos de vivre avec un fantôme.

— Delphine…

— Laisse-moi finir ! Que tu aies des coups durs, OK. Je connais ton enfance, et je suis la première à te soutenir et te venir en aide. Que tu me pourrisses le quotidien parce qu'on n'arrive pas à avoir d'enfant… Je serre les dents et j'encaisse. Bien que je te signale au passage que j'en souffre autant que toi. Mais ça… Tu n'es pas capable de le voir… Trop focalisé sur ton nombril. Que tu me fasses un coup de déprime un jour sur deux pour je ne sais qu'elle foutue raison… Passe encore… Je tiens bon. Mais là… Gabriel… Regarde-toi ! Tu es pathétique. Tu es triste à mourir… Et tu n'es pas loin d'être à nouveau seul. J'en ai ma claque. Le monde est beau. Il y a des gens merveilleux. Je suis fatiguée de devoir supporter ta tête déconfite. J'ai…

— Delphine…

— J'ai pas terminé !

Les clients du restaurant tendent l'oreille, alors que Delphine hausse le ton.

— J'ai besoin de rire, de complicité, qu'on m'aime, oui, juste un petit peu. Qu'on me le montre. J'ai besoin de vibrer, d'avancer, de me sentir en mouvement et en sécurité. De bâtir, de rêver, de respirer. De voir en grand. D'avoir une épaule pour me soutenir quand je trébuche. Toute notre vie tourne autour de ton humeur. C'est arrivé à un point, où la seule chose qui compte c'est de savoir à quel degrés de déprime tu te trouves. Si tu es angoissé, tu vas chez le toubib, vas parler à quelqu'un, fais une thérapie, prends des cachets, fume un joint, fais quelque chose, mais moi je peux plus. J'ai besoin de vivre Gabriel. De VIVRE.

Elle quitte la table et le restaurant. Gabriel dépose de l'espèce sur la nappe et la rejoint à l'extérieur pour s'excuser à plat ventre. Histoire de ramasser les morceaux de leur histoire qu'elle vient d'éparpiller dans la brasserie. Elle fume une cigarette sur le trottoir. Sans même prêter attention à la pluie fine qui tombe depuis le matin. Le regard dans le vague, elle garde les bras croisés.

— Delphine, je vais me rattraper. Pardon bébé… J'ai perdu le contrôle. Je vais faire des…

— Gabriel… Tes excuses ne suffisent plus… Je ne sais plus quoi faire…

***

Retour à la Nuit de la mort de Delphine…

Gabriel a beau rouler tambour battant, tout semble défiler au ralenti dans un silence sordide. Le bruit du moteur s'efface, le paysage est immobile, la route se fige. Cette idée… Qu'elle pouvait être malheureuse à ses côtés. Qu'il ne suffisait plus. Que leur amour prenait l'eau. Ses problèmes de libido. Son caractère de merde. Son défaitisme lassant. Sa morosité contagieuse. Les crises d'angoisse qu'elle devait supporter. Chaque matin, lorsqu'il se levait avec sa tête de déterré. Toutes ces fois où il a songé à se supprimer. Comment pouvait-elle endurer tout ça ? Toute cette merde depuis des semaines, des mois. Sa gorge se serre. Il déglutit. Sa langue sèche qu'il passe sur la plaie de ses lèvres gercées. Sur son torse, il ressent ce poids qu'il connaît par cœur. L'oppression qui fait mal.

L'imaginer avec un autre. Heureuse et plus épanouie. Puis envisager la trahison. L'excitation qui monte en se préparant en douce. Pouvoir se confier à un autre. Profiter de l'énergie des premiers instants. Enivrée par la séduction. Flattée par de nouveaux compliments. Se faire belle pour un inconnu. Succomber à un autre sourire. Se livrer à un autre. S'abandonner à un autre. S'offrir à un autre. Sans regret ? Comme soulagée ? En tirant un trait sur lui ? Loin des complaintes lancinantes et de la grisaille de son couple ? Peut-être… Non ce n'est pas possible. Ce n'est pas Delphine. Elle n'est pas comme ça. Elle vaut mieux que ça. Ou pas… Peut-être qu'elle n'en pouvait plus. Peut-être qu'elle est comme ça finalement. Et si c'était vrai ? L'esprit de Gabriel s'embrouille. Ses yeux se troublent. Il serre le volant et y plante ses ongles comme pour ne pas sombrer dans ses travers. Tout simplement pour tenir bon. Ses cuisses se contractent. Il ne craquera pas. Le pied écrase la pédale d'accélérateur. Garder le cap, quoi qu'il arrive.

Un œil sur le tableau de bord. 06 h 07, il reste peu de temps. Il doit appuyer s'il veut être là pour le "Grand final". Le Ford fend le petit matin sur les lignes droites du domaine forestier. L'air se rafraîchit en approchant la côte. Dans quelques secondes il sera arrivé. Espérant obtenir au moins quelques réponses. Au mieux sa vengeance. Un crissement de pneu, il braque violemment sur la gauche. Il y est. Sur un sentier défoncé au milieu de la végétation, le pick-up saute sur le parcours chaotique. Ce que désigne le Grand final sur la carte trouvée chez Sophia est au bout du chemin. La route s'arrête ici. Bloquée par d'immenses rochers et des troncs d'arbres qui obligent à poursuivre à pied. Gabriel tire le frein à main, sa voiture dérape rageusement. La main sur le revolver qui a fait la route sur le siège passager, tout en regardant les alentours.

À quelques mètres à peine, une camionnette blanche est garée là. Elle ne peut qu'appartenir à Sophia ou aux "cagoulés". Gabriel quitte sa voiture et s'approche, arme à la main. L'utilitaire semble vide. Le capot est froid. Il avance alors jusqu'aux obstacles qui barrent la route pour les enjamber. Il doit monter en direction de la falaise. Le vent se lève. Les premières lueurs de l'aube pointent. Qu'est-ce qui l'attend là-haut ? Où est le corps de Delphine ? Aura-t-il des réponses qui pourront l'apaiser ? Il perçoit au bout de quelques mètres, comme un bruit de portières dans son dos. Y a-t-il quelqu'un à côté des véhicules ?

Gabriel se retourne et vise les voitures avec son calibre. Restant quelques secondes à scruter nerveusement. Rien. Un œil sur sa montre. Il doit monter, il n'a plus le temps. Le vent souffle de plus en plus fort. Gabriel se remet en mouvement. Des bourrasques fouettent le visage, déplaçant sur leurs passages, le sable du sentier qu'il arpente de plus en plus déterminé. D'ici on entend le grondement des vagues déchaînées qui viennent s'écraser sur les rochers. Les yeux rivés par terre, il piste les empreintes de pas fraîchement laissées dans le sol sablonneux. Lorsque soudain…

Il est là, juste devant lui. Recouvert par la poussière et les grains de sable crachés par les rafales iodées. L'or blanc. Le jonc de Delphine. Gabriel s'incline pour le récupérer. Ils l'ont traîné ici. Ils sont en haut. Il est temps. La punition. Le sang. Il se relève et fonce à perdre haleine. Plus que quelques foulées et il sera en haut. Il va les crever un à un. À la main s'il le faut. Le point culminant est atteint. Le "Grand final". D'ici on domine la côte. Le vent glacial lance des flèches que personne ne peut éviter. Face à lui, l'horizon et deux salopards cagoulés derrière la rambarde de sécurité. Au bord du vide. 25 mètres plus bas, la mer démontée. Les vagues déferlent sur les parois.

Ils transportent un grand sac plastique noir. Le corps de Delphine qu'ils sont sur le point de jeter à l'océan. Gabriel sprinte pour bondir sur les crevures. Il s'égosille en couvrant le vent qui hurle sur le littoral. Il redresse son arme, la partie est terminée. Tenus en respect, les deux bâtards s'arrêtent net. Laissant le sac à terre. Gabriel fait les derniers mètres dévoré par un flot de vengeance. La mâchoire serrée, il vomit :

— T'aurais mieux fait de me supprimer ! Je t'avais dit que je te raterais pas !

Puis il fait feu. Le coup part. Le premier corps est touché par une balle dans le ventre. La giclée de sang. Le trou qui se profile. Le cri de douleur. Le premier enfoiré tombe à genoux. Caressé par le plaisir malsain que tout ça procure, Gabriel braque l'autre et tire à nouveau.

— Haha ! Bande de fils de pute ! Je vous présente mon Grand final !

Gabriel se poste juste devant la barrière de sécurité. Les deux cagoulés sont à terre. Couverts de sang et bien conscients qu'ils ne sont qu'au début du calvaire.

— C'était ça le plan bande d'enfoirés ? Jeter Delphine à la baille comme de la barbaque aux crabes ?

Ils ne répondent pas, ces crevards ne savent que gémir. Gabriel reprend de plus belle.

— Enlève ta cagoule poufiasse !

Elle se tient la plaie et tarde à obéir, alors Gabriel braque à nouveau son revolver dans sa direction pour activer.

— Sophia ! J'ai dit : enlève ta cagoule ou je t'en colle une autre ! ALLEZ SALOPE !

Elle obéit finalement.

— Petite garce ! Je savais que t'étais pas nette toi ! POURQUOI ?

— Gabriel… Je suis désolée… Ce n'est pas mon idée c'est…

— Ta gueule ! Tout ce qui sort de ta bouche c'est de la merde. Tu vas crever. Mais d'abord, tu vas souffrir. JE VEUX DES RÉPONSES !

Dans les yeux de Gabriel, de la haine et la fureur d'un homme capable d'aller jusqu'au bout. Il ordonne à l'autre d'ôter sa cagoule. Le voile se lève peu à peu.

— Mais qui tu es toi ? !

— Gabriel… Je…

Le type est une épave. Un vieux grisonnant, mal rasé, mal en point. Une tête à écumer les bars. La mâchoire carrée. La projection troublante de ce que pourrait être Gabriel au bout de quelques décennies de dérive. Ses yeux qui…

— Non ? NON ? TOI ? ! TOI ? ! Mais comment ? ! TOI ! Putain ! TOI !!!

— Gabriel ! J'voulais pas ! C'est pas moi ! Tu es mon…

— Ferme-là espèce de sac à geindre ! T'as foutu ma vie en l'air ! T'es parti ! Et tu reviens pour tuer ma femme ! Je vais te crever de mes propres mains !

— Gabriel ! Non ! Je suis ton père !

— T'es qu'un gros tas de merde ! T'es plus rien. Je vais te fumer. J'espère que tu sais nager.

Dans un état second, il enjambe la barrière. L'homme en panique commence alors à se redresser. Comment peut-il se relever ? Gabriel appuie sur la détente. Le percuteur cogne.

— Clic.

À nouveau le doigt sur la gâchette, il tire une autre fois. Puis encore et encore. Rien. Il est stupéfait. L'arme déchargée. Elle contenait seulement 2 munitions.

Abasourdi, il regarde son pétard devenu maintenant inutile. Des pas qui tapent à toute vitesse derrière lui. Un cri menaçant vient dans son dos. Sans qu'il n'ait le temps de se retourner, il est plaqué violemment au sol par le dernier homme cagoulé. Fauché sur le flanc, Gabriel chute et réalise alors que le son de la portière en bas n'était pas une hallucination. L'enfoiré le suivait depuis la camionnette, tapis dans les buissons, prêt à intervenir. Il s'écrase lourdement sur le sol. Sonné, avec un goût étrange dans la bouche. Le ravisseur grimpe sur son torse et l'empoigne.

Les gants noirs étranglent Gabriel. Serrant de plus en plus fort avec détermination. L'air lui manque. Il agrippe les mains qui l'étouffent pour tenter de s'en défaire. La puissance de l'individu prend le dessus. De l'autre côté de la barrière, le père indigne relève Sophia. Comment peuvent-ils se relever après avoir été blessés par balle ? Tous les deux en profitent pour achever leur besogne. Le sac plastique quitte la terre, jeté sans ménagement dans le vide. On entend le bruit lorsqu'il chute 25 mètres plus bas. Dans les vagues déchaînées qui s'écrasent sur les récifs et les parois abruptes de la falaise. Ballotté dans l'écume et l'eau noire. Coulant lentement. Gabriel se dit que tout ça ne peut pas finir comme ça. Pas maintenant.

Sa tête va exploser tant il est comprimé. Il trouve la force de tendre le bras vers la tête de son agresseur. À pleine main, il arrache la cagoule de l'homme qui l'étrangle. Une décharge de stupéfaction. Fred ! ? Son ami d'enfance. Son frère de galère. Comment est-ce possible ?

— Arrg… Tr… trrraître…

— Tu n'as rien compris Gabriel…

— En...foi… ré…

Pierre et Sophia prennent la tangente. Ils quittent la falaise en dévalant le sentier pour retourner au véhicule. Frédéric se penche en appuyant de tout son poids sur le torse de Gabriel. Puis il s'abaisse au niveau du visage. Au creux de l'oreille, il chuchote avec vice :

— Delphine est vraiment géniale… Si tu savais ce qu'elle m'a fait faire…

Poussé par un élan de rage et son instinct de survie, Gabriel cherche à tâtons avec sa main gauche sur le sol. Un bout de bois, une pierre, n'importe quoi. Il se saisit d'un caillou et frappe bestialement le crâne de Fred. La pierre s'écrase sur sa face. Avec l'impact, la strangulation cesse. Il s'écarte pour se défendre.

Gabriel reprend son souffle. Il se redresse, et porte les mains à son cou qui le fait souffrir. Il vient de reprendre le dessus. Tout va se jouer entre lui et Fred maintenant. Il vomit sa menace haineuse :

— Je vais te faire la peau ! Toi et toute ta petite bande. Je vais te tuer de mes mains. Relève-toi. RELÈVE-TOI !

Fred se tient la tête et examine le bout de ses doigts. Il saigne. Ensuite il se met à sourire. Puis à rire franchement.

— Ça m'étonnerait… Gabriel… Sois raisonnable… On sait tous que tu n'as jamais rien fait… Tu ne fais rien… Tu voudrais… Mais tu peux pas… Tu es meilleur pour pleurnicher…

Piqué au vif, Gabriel bondit pour défoncer son ami d'enfance. Alors que Gabriel s'apprête à le rouer de coups, Fred recule pour esquiver l'assaut. Puis il se défend :

— Wow ! Doucement… Pendant que tu veux me montrer que tu es un bonhomme… Delphine… Elle est en bas je te signale…

Gabriel s'arrête net. Il a raison. Le corps de Delphine. Il tourne la tête vers la pointe de la falaise. Delphine. Le sac. Il va sombrer dans les eaux… Pour toujours…

Fred, qui vient de faire mouche, lance une dernière provocation dans son dos :

— Tu vois… La vie… C'est juste une question de priorités…

Gabriel se retourne vers Frédéric qui s'enfuit dans le chemin. Il est à nouveau seul. Giflé par le vent hurlant. Et le terrible dilemme. Les pourchasser et leur faire la peau. La camionnette ne sera pas difficile à rattraper. Enfin savoir pour l'enveloppe. Les faire souffrir. Les tuer. Être soulagé. Venger Delphine. Mais… Delphine… Dans l'océan… Faire en sorte qu'elle repose en paix. Pouvoir l'enterrer dignement… Il lui doit au moins ça. Son choix est fait.

Après un demi-tour, il avance vers le bord de la falaise sous les bourrasques qui le déstabilise. Il enjambe la rambarde de sécurité. Ses chaussures foulent la terre à la limite du vide. Les yeux rivés en bas. S'efforçant de distinguer le sac avec les premières lueurs de l'aube. Le son terrifiant des vagues, dont le grondement monte jusqu'à lui. Les embruns qui jaillissent. L'eau noire. Les remous hostiles. Les récifs. La hauteur impressionnante. Il aperçoit le sac. Ballotté au milieu de l'écume, coulant lentement à chaque secousse. Un coup d'œil sur la plage en contrebas. Faire le tour et y aller à la nage lui traverse l'esprit. Mais il n'aura pas le temps. Delphine aura sombré avant qu'il n'atteigne l'eau. La seule alternative qui reste le terrifie. L'eau glacée, l'hypothermie, la mort.

Il recule lentement. Un pas en arrière. Puis un autre. Il dispose seulement de deux tout petits mètres pour prendre de l'élan. Est-ce qu'il a ce qu'il faut dans le ventre pour le faire ? Il n'en sait rien. Il sera vite fixé. Il prend une profonde inspiration en fermant les yeux. Et s'il se rate ? S'il n'y a pas assez de fond ? S'il se brise les jambes sur les récifs ? Au moins, il rejoindra Delphine. De toute manière, sans elle la vie n'aura plus aucun intérêt… Après un instant de concentration, Gabriel galope le plus vite possible. Il prend son impulsion et s'abandonne dans le vide avec pour unique cri :

— Je t'aiiiiime !

Le vertige soulève son cœur. Il chute dans sa peur de mourir. Cherchant à rester d'aplomb, il gesticule ses bras en vain. Sous ses pieds, l'eau démontée se rapproche dangereusement. Il a le souffle court. Son rythme cardiaque s'emporte et son torse va exploser. Un œil sur le sac en plastique. Il est pétrifié par l'issue de ce saut. L'adrénaline atteint le summum juste avant l'impact. Une entrée fracassante en touchant l'eau. Il heurte les tumultes noirs.

L'enfer ressemble un petit peu à ça. La morsure du froid qui traverse les os. Le choc thermique qui cogne sur les tempes et dans la poitrine. Comme des milliers d'aiguilles piquant chaque partie de son corps. Avec la surprise, le diaphragme remonte violemment. Gabriel est accablé par le choc de la température. Le noir. Les remous. Il touche le fond. D'un geste instinctif, il pousse sur ses jambes pour remonter rapidement à la surface. Tétanisé par le froid hivernal. Bercé par l'océan qui l'enveloppe. Il pèse une tonne avec ses vêtements. Ce sentiment d'être tout petit face à la menace qui ondule dangereusement pour l'engloutir à jamais. Il regarde autour de lui. Le sac n'est pas loin. Une vague tape un peu plus loin pour se former. Un mur d'écume déferle sur lui. Englouti par la puissante lame, Gabriel coule, complètement sonné. Malmené par les rouleaux. Avant de refaire surface. Se battre et continuer coûte que coûte. Pour Delphine. Le visage brûlé par le froid et le vent. La peau endolorie. Les muscles martyrisés à chaque mouvement. Il nage tant bien que mal en direction du sac. Celui-ci semble coincé. Accroché à un rocher. L'eau obscure n'arrange rien. Chaque mouvement est un supplice qu'il ressent entre la brûlure à vif et la morsure jusqu'au sang. Gabriel plonge pour libérer le plastique du récif. Le sac remonte légèrement à la surface. Il s'en empare d'un bras. Maintenant il cherche à regagner la crique à une cinquantaine de mètres. Un combat contre les déferlantes, les remous hostiles et le courant puissant qui veut le happer vers le large.

Gabriel se débat. Répétant en boucle qu'il l'aime. Qu'il est désolé. Comme un mantra pour aller jusqu'au bout. Il repense à tout ce qu'il n'a pas vu venir. À tout ce qu'il n'a pas su lui dire. À tout ce qu'il ne fera jamais plus. Chaque brasse le rapproche un peu plus de la terre. Il se cramponne au corps de Delphine alors que l'océan cherche à le garder pour toujours. La griffe des vagues s'élance sur lui pour l'épuiser et lui barrer la route. Son corps n'est plus qu'un désert charnel. Soit, il ne ressent plus rien, soit il souffre tellement qu'il est incapable de faire la différence. La frontière dans le supplice est ténue.

Du bout de l'orteil, il frôle le fond. Il commence à avoir pied. L'espoir d'y arriver se profile. Le sel dans sa bouche. Le même qui brûle les yeux. Le rivage s'approche, mais il est à bout de force. Encore un peu de courage, pour elle. Gabriel tire le sac sur les derniers mètres. Il a pied maintenant. Il se redresse. Épuisé par le courant et le poids du sac. Transi par le froid. Il ne reste plus que l'écume qui galope sur les mollets. Les vagues s'affaiblissent vers le rivage. À bout de force, il hisse le sac noir hors de l'eau et le traîne sur quelques mètres en criant. Puis il s'effondre sur le sable. Totalement essoufflé. Tétanisé. Giflé par les rafales iodées. Mais il a réussi. Il l'a fait.

Il pose sa main sur le sac et s'adresse à Delphine.

— Je... Je suis là mon amour… Je… l'ai fait… Je l'ai fait…

Frigorifié et épuisé, il plante ses ongles dans le sac. Puis il déchire férocement le plastique pour libérer le corps de Delphine. Revoir son visage superbe, passer sa main dans les cheveux. Tenir sa main, même si elle est glacée.

Des dizaines plumes turquoise s'échappent du sac éventré. Elles virevoltent et s'éparpillent dans le vent puis s'échappent au-dessus du sable. À l'intérieur du sac, il n'y a rien. Ce n'est pas Delphine. La confusion est si violente que Gabriel manque défaillir. Un linge épais roulé en boule autour d'une pierre. Sur la roche, le paquet en papier Kraft solidement scotché.

Le souffle coupé par la vision, Gabriel manque s'étrangler. C'est un cauchemar ! Où est Delphine ? Il a fait tout ça pour une couverture et une pierre ? Mais où est le corps de Delphine ? Quelle est cette horrible farce ? Quand va-t-il enfin voir le bout ? Tout ça ne se finira donc jamais ? Pourquoi tant d'acharnement ? Les nerfs lâchent. Les larmes de Gabriel se mêlent au sel sur son visage. Ses yeux se posent sur le paquet. Le paquet… La cause de tous ses maux. C'est tout ce qu'il lui reste finalement. Le mystérieux colis qui a fait exploser sa vie. Alors, de ses mains engourdies, il détache l'enveloppe Kraft solidement attachée à la pierre. Puis il la déchire avec rage.

Entre ses mains, une partie de la vérité. Delphine est morte pour ce paquet. Il est sur le point d'en connaître la valeur. Il découvre avec stupeur, un bon de commande. Puis une annonce pour un petit job. Et enfin une lettre.

CHAPITRE 8

La station-service.

Le seul son que l'on entend ici et maintenant, ce sont ses dents qu'il fait grincer sans même s'en rendre compte. Il est sur les nerfs. Sous l'autoradio, il se saisit du paquet de clopes pour s'en griller. Une histoire de décompresser. L'odeur du tabac se répand dans l'habitacle. Les premières volutes blanches se dressent au-dessus de la cigarette. La vitre conducteur s'ouvre, elles se déforment, happées vers l'extérieur. À côté de lui, Delphine consulte son téléphone avant de le jeter nerveusement au fond du sac à main. Sans masquer sa vexation, elle se passe la main dans les cheveux et soupire.

Une fois de plus, ils ne s'adressent plus un mot. La tension est palpable à l'intérieur de la voiture. Une dispute de plus, durant laquelle il n'a pas fait le moindre effort. Il a développé cette capacité à se refermer sur lui-même en quelques secondes. Il suffit d'une phrase. D'un mot pour le faire plonger instantanément. Ce qui agace Delphine au plus haut point. Tout est parti d'une simple discussion. Ils ne savent même plus pour quelles raisons tout a commencé. Gabriel est devenu une espèce d'animal blessé qu'il ne faut surtout pas froisser. Les piques de Delphine lancées afin de le sortir de sa zone de confort n'ont eu aucun effet, excepté celui de le braquer. Le débat est totalement hermétique. Définitivement clos. Chacun regarde de son côté évitant soigneusement de s'adresser la parole jusqu'à la station-service. Attendant silencieusement leur tour pour faire le plein.

Le couple tendu contemple l'homme apathique qui descend de son véhicule pour sélectionner son carburant. Lentement. Ce même type qui se poste mollement devant sa voiture pour alimenter le réservoir. Toujours trop lentement. Sa tenue ridicule et sa tête de gland. Gabriel comme Delphine aimerait secrètement le secouer et le gifler pour que cet abruti s'excite un peu. Enfin, le véhicule qui les précède termine. Gabriel avance lentement puis stoppe le pick-up devant la pompe. Un coup d'œil vers Delphine qui observe la file d'à côté. Elle dégaine sa carte bancaire sans même le regarder. Un automatisme de vieux couple. Il descend, contourne le véhicule. Sélectionne le carburant dans la liste.

L'automate l'invite à composer le code confidentiel de Delphine à l'abri des regards. Demande d'autorisation en cours... Merci de patienter. Un regard discret vers Delphine qui ne décolère pas. La pauvre, il ne l'a pas épargné. Mais qu'est-ce qui ne tourne pas rond chez lui ? Elle semble encore passablement énervée. Ou du moins profondément désespérée. Puis la borne émet un son impersonnel. Paiement refusé. Gabriel est invité à récupérer sa carte.

Comment est-ce possible ? Il toque à la vitre, elle entrouvre.

— Paiement refusé. Ta carte ne passe pas. Tu me donnes la mienne ?

Son sourcil trahit sa surprise. Elle le regarde avec un brin d'inquiétude. Sa carte qui ne passe pas ? C'est l'étonnement, puis la gêne. Peut-être un problème purement technique ? Elle extrait la carte de Gabriel pour lui tendre sans un mot.

***

Des recherches... Il y a un an.

La touche entrée s'enfonce sous la pression du doigt de Delphine. Les résultats du moteur de recherche se chargent à l'écran de l'ordinateur portable. Pour répondre à la requête "Pierre Moreno Royan".

Confortablement allongée sur le lit aux côtés de Gabriel, elle navigue sans trop savoir par quoi commencer. Sans savoir si elle cherche au bon endroit, ni si elle trouvera un jour quoi que ce soit. Dans la pénombre, son visage est illuminé par l'écran. Le clavier encore chaud, et le ronron du ventilateur de la machine bercent le couple dans la pénombre. Au fil des mois, elle y est allée en douceur pour glaner quelques informations sans remuer ce passé que Gabriel a du mal évoquer. Des perches tendues en douceur, des phrases qui réconfortent, pour faire germer en lui une possibilité. Puis l'idée et l'envie de jeter un œil sur internet a fait son chemin. Qui ne tente rien à rien. Tout en restant bien conscient de la faible probabilité de trouver le moindre élément sur Monsieur Moreno. Gabriel, lui, participe tout en restant en retrait. Plutôt spectateur. Un brin septique. Partagé entre l'envie de retrouver la trace de son père et la peur de lever le masque sur le salopard détestable qui l'a abandonné. Persuadé qu'au fond tout ça ne sert à rien, il ne prend finalement aucun risque à laisser Delphine fouiller sur le Web. Pensant de toute évidence, que son père n'appartient pas à une génération connectée à la toile.

Pourtant, Delphine surfe de page en page avec obstination. Espérant être récompensée pour sa persévérance. C'est une femme tenace. Pour le moment elle ne tombe que sur des homonymes, des étrangers, ou alors de lointains cousins vivant à l'autre bout du monde et dont Gabriel ignore tout. Rien qui ne soit intéressant. Gabriel ne sait que très peu de chose de cette période-là. Lorsqu'une idée lui traverse l'esprit. Il se redresse dans le lit et propose :

— Si tu essaies avec Vivianne… Et "éducatrice foyer Rochefort" ?

Sans répondre, Delphine ouvre immédiatement une nouvelle fenêtre. Puis ses doigts dansent rapidement sur le clavier pour saisir le prénom de l'éducatrice qui s'occupait de lui il y a tant d'années.

Dans les résultats, remonte l'article d'un journal local. Et quelques photos des associations dans lesquelles cette personne était certainement bénévole. Gabriel se rapproche de l'écran pour essayer de l'identifier. Sur les images, elle semble plus vieille, plus grosse aussi. Ce qui lui paraît logique. Sur un des clichés illustrant un vieil article, Gabriel à l'impression de la reconnaître. Delphine dévore à toute vitesse le reste de la page à la recherche d'un nom de famille, d'un lien, de n'importe quoi. Bingo.

Elle bondit dans le lit. Sous l'effet de l'excitation, elle attrape l'avant-bras de Gabriel et commence à débiter à haute voix.

— Écoute ça ! […] L'association {k}Royan s'est fixée comme mission la collecte et la distribution de vêtements pour les familles les plus démunies. Chaque année les 15 bénévoles, tous issus de la ville, se relaient pour offrir des manteaux, bonnets et autres couvertures aux personnes dans le besoin. Vivianne Ibanez, porte-parole de l'association, nous confie que cette année devrait malheureusement battre un nouveau record, déplorant un nombre croissant de bénéficiaires […]

Ils ont fait mouche. Gabriel l'interrompt :

— Ibanez… Vivianne… Oui… Vivianne… C'est elle ! Mon dieu… Ça me fait bizarre…

***

L'annonce…

Urgent - Recherche comédien professionnel, amateur, ou étudiant pour expérience scénique intense. Profil recherché : Femme 18/35 ans. Pétillante, élégante et séductrice.

Casting du 10 ou 15 sept. Tarif syndical x3 + prise en charge totale (déplacements, logement, nourriture et frais annexes)

Plus d'information au 05.46.39…

***

Dans la Mercedes…

Il vient de hurler son nom dans la rue, pourtant elle n'y prête pas cas. Elle s'engouffre à l'intérieur du véhicule. La lourde portière claque. Seul le son étouffé transpirant la robustesse se fait entendre dans l'habitacle haut de gamme. Elle reprend son souffle. Un soupir de soulagement en se laissant aller contre l'appui-tête. La berline démarre en trombe. Son regard satisfait se pose alors sur la sacoche de Gabriel. Elle l'a fait. Elle est là. Sur ses genoux. Elle peut la laisser glisser sur le tapis de sol, entre ses jambes. La voiture démarre, la ceinture de sécurité est ajustée. Elle abaisse le pare-soleil pour s'examiner dans le miroir. Le conducteur reste silencieux, les yeux rivés sur la route en attendant ses instructions. Elle jette un coup d'œil dans le rétroviseur, puis se retourne furtivement vers la lunette arrière, tout en lâchant :

— C'est bon… Il nous suit… Accélère !

Elle déboutonne nerveusement la veste de son tailleur. Il n'y a pas une seule seconde à perdre. Alors que la voiture s'élance, ses mains empoignent le col de son top. Écartant d'un coup sec jusqu'à déchirer la fibre. Puis c'est autour de sa veste qu'elle écartèle rageusement. Les boutons sont arrachés sans regret.

Ses ongles se plantent dans la peau au-dessus de la poitrine pour y laisser de longues griffures boursouflées.

Elle ébouriffe ses cheveux. Dans la boîte à gant, elle dégote sa petite trousse à maquillage ainsi qu'un brumisateur. Elle vaporise son visage généreusement. La brume commence à perler sur le visage et les paupières closes. Le mascara dégouline parfaitement le long des joues. En contrôlant une nouvelle fois dans le rétroviseur, elle ordonne :

— Accélère ! Ça ne doit pas ressembler à une promenade !

La voiture prend encore de la vitesse. Plaquée au fond du siège avec l'accélération, elle triture le contenu de son nécessaire à maquillage. Ballottée par les mouvements de la berline, elle saisit une plaquette de capsules chargées d'hémoglobine. "Blood - Special Effect" orne l'emballage qu'elle déchire sans attendre.

Quelques gouttes placées sous le nez entre deux virages négociés sportivement. Puis une dose plus généreuse sur le front. Sur les poignets. Le reste dans la tignasse saccagée, et sur les jambes. Elle se griffe les joues puis s'écorche les avant-bras. Dans le petit miroir du pare-soleil, elle contemple son visage ravagé et son maquillage de femme battue. Quelques touches de bleu et de prune en poudre qu'elle applique subtilement sur les joues pour simuler des traces de coups. Viennent les derniers ajustements. Tout est absolument parfait. C'est satisfaite de sa transformation qu'elle s'adresse au conducteur d'un ton taquin :

— Prêt à me frapper ?

Elle découvre le sourire complice de l'homme au volant, resté jusque-là concentré sur la route. Il lui répond simplement :

— Il me tarde Sophia…

Le téléphone de la blonde se met à sonner. Elle décroche immédiatement.

— Oui Pierre. On roule… Il nous suit… On arrive dans 2 minutes… On passe devant Leclerc… OK… Comme prévu…

La Mercedes s'arrête à côté du terrain vague. L'un et l'autre examinent le pick-up de Gabriel qui s'immobilise à quelques mètres derrière eux. Elle fixe le conducteur et lui prend la main. Il passe sa main dans les cheveux et caresse sa joue. Puis l'embrasse langoureusement. Il déroule sa cagoule sur le crâne. Ses gants sont dans le coffre avec le pied-de-biche. La portière s'ouvre.

— C'est parti.

***

L'idée…

Le morceau de sucre tombe dans le café brûlant. Tout en remuant l'expresso fumant, il la déshabille du regard sans dire un mot. Avec ce sourire ravageur qui a fait chavirer plus d'un cœur. Elle apporte des petits sablés faits maison qu'elle dépose sur la table basse. Plus que des biscuits, de véritables gourmandises parfaitement exécutées qu'elle offre à son hôte avant de s'installer face à lui. Avec élégance elle croise ses jambes. Les chevilles finement ciselées et des mollets aux galbes superbes qu'il observe discrètement. Elle s'incline sur la table basse pour mélanger à son tour le petit noir qui va refroidir. Dévoilant subtilement son superbe décolleté qui ne laisse pas indifférent. Une goutte d'arabica tombe sur le doigt de la jeune femme. Elle s'empresse de le lécher avec un air espiègle. Lui, repose son café avalé d'une traite, s'enfonce confortablement dans le canapé et prend la parole.

— J'espère que tu ne m'as pas fait venir chez toi juste pour déguster tes sablés ?

— Tu n'aimes pas mes sablés ?

Il se penche vers l'assiette de biscuits et en attrape un qu'il savoure en continuant de la dévisager.

— Je les adore… Mais j'ai peu de temps. Tu as appelé sur mon numéro privé. Je présume que c'est sérieux.

— Tu as raison. J'ai besoin de toi…

Il lâche un grand sourire.

— Là, ça devient intéressant…

Elle avale une dernière gorgée, puis elle dépose la tasse avant de se lever pour le rejoindre et s'asseoir tout près de lui. Elle reprend, à voix basse en se rapprochant dangereusement :

— Fred… Ça ne doit rester qu'entre nous…

Totalement hypnotisé par son regard émeraude. Entièrement sous son charme, il lui prend la main en souriant :

— Delphine… Qui peut te dire non ?

Elle sourit, quitte le sofa sans répondre, et se dirige vers les escaliers. Lorsqu'elle ondule dans sa petite robe beige, il la trouve vraiment séduisante. Pensant un instant à Gabriel. Son ami d'enfance ne réalise pas toujours la chance qu'il a de vivre avec une femme aussi charmante.

Une main sur la rampe d'escalier, l'escarpin sur la première marche, dévoilant légèrement le galbe et l'intérieur de sa cuisse. Elle le fixe :

— Tu ne veux pas venir ?

Il se lève sans hésiter et la suit dans les escaliers. Profitant de la vue. Sa chevelure brun glacé et son tombé impeccable dans le dos. Sa démarche chaloupée. Le creux des reins. Ses hanches qu'elle roule magistralement. Ses jambes soyeuses. Il l'admire en silence.

En haut des marches, elle se retourne et pose sa main sur son torse.

— Attends-moi là.

Elle pénètre dans sa chambre et referme consciencieusement derrière elle. Seul dans les escaliers, il songe à ce qui pourrait se passer une fois qu'il serait à l'intérieur. Partagé entre l'ivresse de la séduction et la terrible erreur charnelle qui ferait éclater le couple de son ami. Quelques secondes plus tard, la chambre s'ouvre à nouveau. Elle lui adresse un sourire en se pinçant les lèvres. Elle penche légèrement la tête et l'invite à entrer.

Succombant une nouvelle fois à son charme, il ne se fait pas prier. Elle le prend par la main et le guide lentement vers le lit. Elle semble heureuse et très excitée. Lui, la contemple en silence. Tous les deux s'assoient au bord du lit. Toute cette ambiguïté l'émoustille un peu. Elle pose sa main sur la sienne. Puis lui dévoile la raison de sa visite. Une épaisse enveloppe kraft.

— C'est pour ça que je t'ai fait venir.

***

Vivianne…

Dans un écrin tiède et croustillant, le beurre demi-sel et le jambon de pays enlacent le comté finement tranché. Plutôt bien en chair, elle savoure les quelques rayons de soleil timides qui réchauffent le square ce midi pour s'abandonner sans le moindre remords à son péché mignon. Entre ses doigts boudinés, "le montagnard" comme ils disent à la boulangerie. La bête doit faire dans les 500 Calories, un détail qui ne l'empêche d'y taper dedans à pleine bouche. C'est vrai que ce n'est pas bon pour sa ligne, mais elle se dit qu'à son âge, tout ça n'a plus vraiment d'importance. Sur le banc public, elle observe les rares passants en mastiquant sans relâche son colossal sandwich pour en venir à bout.

Une jeune femme s'installe sur le banc, juste à côté d'elle. Le parc est désert. En continuant de mâcher, elle se dit qu'il y a pourtant de la place partout. Et que ça n'arrive qu'à elle. Il faut que quelqu'un vienne s'asseoir là. Juste pour la perturber dans son escapade gourmande.

La demoiselle plante son regard vert avec insistance. Puis elle entame la conversation :

— Bonjour…

La bouche pleine, elle ne peut que répondre :

— Désolée, je termine mon sandwich

— Ça ne fait rien, prenez votre temps Vivianne.

Avec la surprise, elle avale de travers la dernière bouchée.

— Pardon, on se connaît ?

La fille dégaine alors une photo de son sac à main :

— Non, vous ne me connaissez pas. Mais vous êtes bien Vivianne Ibanez ?

— En personne !

— Je vis avec un homme qui autrefois était ce petit garçon.

Sur le cliché jauni qu'elle tend, elle y découvre le portrait de Gabriel âgé de 6 ou 7 ans.

— Oh, mon Gabriel !

Attendrie, devant l'image évoquant les souvenirs heureux passés avec lui. Ses yeux commencent à briller, et elle se confie :

— J'ai passé ma vie à m'occuper de ces enfants. Des déracinés qui ne demandent qu'un peu d'amour.

Gabriel était de loin mon préféré. Mon petit chouchou. Toujours gentil, très calme. On avait un lien très fort… J'aurais tant voulu faire plus. J'avais même envisagé de l'adopter avant que mon mari ne soit emporté par la maladie. Qu'est-il devenu ? Il va bien ?

— Je crois qu'il a besoin d'obtenir des réponses. On… Enfin… Il… Traverse une phase délicate… La crise de la quarantaine je suppose. Nous sommes à la recherche de son père.

— Pierre Moreno, oui… Je me souviens.

**

Cooptation…

Confortablement assise dans le canapé, les genoux relevés, elle dévore sa série préférée. Son visage absorbé par la télévision qui éclaire timidement la pièce plongée dans le noir. Elle picore des chips aromatisées à l'oignon en culpabilisant de les apprécier autant. Le froissement du paquet et le craquement dans sa bouche ne réveillent pas Gabriel vautré à ses côtés. Complètement emportée par le suspense du feuilleton, elle ignore son téléphone qui vibre. Lorsque viennent les publicités qui sabotent l'intrigue, elle est contrainte à patienter. Comme une junkie qui attend sa prochaine dose. Elle s'empare alors de son mobile pour le consulter. Un appel manqué d'un numéro inconnu, un nouveau message sur la boîte vocale.

Le doigt sur la télécommande pour mettre la télévision en sourdine, le message du répondeur dévoile ce qu'elle vient de manquer.

" *Vous avez 1 nouveau message. Aujourd'hui à 22 h 16.*

— C'est Fred... J'ai repensé à ton histoire de fou... Et ton enveloppe... Ma copine est professeur de théâtre, je viens juste de faire le lien. Je ne lui en ai pas encore parlé... Je ne sais pas où tu en es de ton côté... Ni si tu as passé ton annonce. Peut-être que ça peut le faire ? J'attends ton appel. Je t'embrasse ma belle."

***

Interprète...

Les élèves du cours du soir discutent entre eux, jusqu'à ce que la porte s'ouvre énergiquement. Elle débarque joyeusement et s'installe avec décontraction.

Les 15 minutes de retard ne la gênent pas le moins du monde. Elle salue chaleureusement son auditoire avant de débuter sans tarder son cours réservé aux initiés. L'énergie qui se dégage du groupe qu'elle forme depuis plusieurs mois est incroyable. Le niveau est bon, chacun est très réceptif. Un régal pour une prof de théâtre.

— Ce soir je vais approfondir les moyens de camper un personnage. De le tenir vraiment. Et surtout de le jouer le plus justement possible. On enseigne différentes méthodes. Toutes se valent plus ou moins… Je préfère vous donner la mienne. Quand le personnage cadre avec votre personnalité ou lorsque vous arrivez à le comprendre, il est assez simple de se l'approprier. Ce qu'on a vu la semaine dernière. Parce que c'est plus simple d'avoir naturellement de l'empathie, de comprendre comment il fonctionne, ce qu'il pense dans sa tête et ce qu'il ressent et d'être plutôt d'accord avec tout ça.

Là où ça se complique, c'est lorsque la compréhension immédiate est difficile parce que le personnage est loin, très loin de ce que vous êtes… C'est là que ça devient intéressant.

— Et comment !

Une jeune élève sur vitaminée y va de son petit commentaire à voix basse. La prof, pose une fesse sur l'angle du bureau et continue son explication.

— Le principe reste le même, on va chercher à trouver des clés pour se glisser dans la peau de tel ou tel personnage imposé. Lorsque vous commencez à lire votre texte, imaginez que c'est autobiographique. Détruisez votre opinion, commencez à être toujours d'accord et toujours en accord. Convaincu qu'il s'agit de vous. Vous êtes comme "lui". Vous êtes "lui". Le niveau de langage, le sens de la répartie ou pas. Chaque personnage doit être une partie de vous. Chaque personnage imposé devient vous. Un peu comme une fenêtre ouverte sur une facette de votre personnalité. Cette capacité à vous immerger repose sur…

— Excusez-moi ? Lorsque je dois jouer une sorcière vaudou de centre Afrique, c'est une occasion de voir la sorcière qui est en moi ? Comment je fais ça ?

— C'est que tu peux te dire oui. Tu dois t'en persuader. Tu dois arriver à la comprendre. Il n'y a rien en toi qui fasse écho lorsque tu penses à cet état de transe qu'elle peut traverser ? Tu n'arrives pas à t'imaginer avec ce formidable pouvoir de guérir ? Et ces terrifiants moyens de maudire ? Tu n'arrives pas à voir tous ces gens qui te craignent ? L'admiration de ceux qui font appel à tes dons ?

— Euh… Pas vraiment… Mais je commence à comprendre…

— Imagine-toi investi de cette mission. Imagine-toi capable de purifier les âmes. De soigner tous les maux. Tu maîtrises les incantations par cœur. Celles qui terrassent et celles qui sauvent. Tu ressens l'énergie qui circule en toi ?

— Ben… Euh…

— Le poids de la culture dont tu viens d'hériter ? La force des ancêtres qui prend racine au fond de toi ? Tu sens comme c'est viscéral ? Les vibrations universelles sur lesquelles tu invoques les sorts pour le bien de la communauté ?

— Oui je vois… C'est plus clair… Oui… C'est une sorte de transfert… Je dois me projeter… M'immerger… ?

— Tu peux l'appeler comme ça oui. Si tu arrives à oublier qui tu es pour t'imaginer dans ce personnage et si tu parviens à visualiser son univers et toute sa vie comme si c'était la tienne, tu tiens alors une bonne piste pour interpréter "juste". Son expérience de vie devient la tienne, et là tu le tiens.

Elle se relève, se poste au milieu du groupe pour s'adresser à chacun.

— Maintenant, on va passer à un cas pratique… Prenons l'exemple d'un tortionnaire…

***

Sur les traces d'un père…

Depuis le canapé douteux, il zappe de chaîne en chaîne. La télévision reste sa seule compagne. Toujours fidèle, allumée en continu du matin au soir. Comme un bruit de fond réconfortant pour meubler le vide béant d'un quotidien triste à mourir. Le salon est sale. La poussière s'accumule depuis une décennie. Date de sa dernière tentative avec un chiffon pour rafraîchir cet intérieur vétuste et repoussant. Des effluves de fritures dansent avec les volutes de tabac. Depuis la cuisine, les relents de poubelles qu'il tarde à sortir sur le trottoir prennent à la gorge.

Il rallume une nouvelle cigarette avec celle qu'il est sur le point d'écraser. Un verre de vodka pour l'accompagner. Commentant seul et à haute voix les émissions futiles qu'il consomme sans pouvoir réellement sans défaire.

On toque à la porte, il baisse le volume pour être certain d'avoir bien entendu. Personne ne vient jamais le voir. On frappe à nouveau, c'est bien pour lui. En se demandant qui peut venir le déranger, il se redresse difficilement. Un effort qui déclenche une toux roque inquiétante. La porte s'ouvre. Sur le pas, une jeune femme qui demande à lui parler.

Avec son visage d'ange, ses yeux verts magnifiques et son élégance, il ne réfléchit pas longtemps avant de l'inviter à entrer.

Elle découvre le salon, et le dépotoir qui sert de logement. La vaisselle qui traîne sur la table du salon, dont les restes sont séchés et attirent les mouches. La fumée qui plane à mi-hauteur et l'air à peine respirable. L'odeur putride qui s'échappe de la cuisine, et les vêtements sales entreposés ici et là. Le vieil homme l'invite à s'asseoir, mais elle préfère rester debout. Dans ses mains, une chemise cartonnée bleue dont elle détache les élastiques. Le vieil homme s'affale dans le sofa en piteux état avant de demander :

— Alors… Qu'est-ce que vous me voulez ?

— Je suis la jeune femme que vous avez eue au téléphone la dernière fois.

— Ah… Euh… Susanne ?

Elle le regarde avec un sourire compréhensif

— Delphine… Moi c'est Delphine…

Sans relever, il refait le niveau et porte le verre de vodka à ses lèvres.

— Bien… Delphine… Je suis un vieux monsieur… Je n'aime pas être dérangé. Qu'est-ce que vous me voulez ? Je n'ai rien compris au téléphone.

— Vous remercier. Tout simplement.

Avec la surprise, il avale de travers sa gorgée d'alcool et manque s'étouffer.

— Pardon ?

— Oui je voulais vous dire merci.

— Et bien avec plaisir ! Bon…

Pensant qu'il vient de faire entrer une illuminée chez lui, il se lève du canapé avec la ferme intention de la raccompagner vers la sortie. Mais Delphine poursuit.

— Merci par avance pour tout ce qui va se produire.

— Mais qui êtes-vous nom de dieu ? La seule chose qui va arriver ma petite, c'est que vous allez dégager d'ici vite f…

— Je vis avec Gabriel Moreno depuis 10 ans maintenant.

***

Dans le 4x4…

— On le perd ! Ralenti !

— Putain ! Il avance pas avec sa poubelle !

L'aiguille du compteur revient à la normale, le véhicule réduit son allure après qu'il ait levé le pied. Le conducteur garde un œil sur le rétroviseur en espérant que son passager tienne le coup. Sur la banquette, juste derrière lui, il a le visage crispé. La tête plaquée contre la vitre. Les deux mains couvertes de sang compressent tant bien que mal la cuisse dans laquelle le tournevis est planté.

— Ça va aller ? Vous allez tenir ?

— Ça saigne beaucoup… Mais ça va aller.

Au volant il examine la blessure, et la profondeur de la plaie avant de confier :

— Il ne vous a pas loupé. Je suis désolé. Je pensais pas qu'il allait réagir comme ça.

— Ah… Ça tire… Je suis pas étonné…

— On est bientôt arrivé. Serrez les dents. On change de voiture et je vous ramène.

Un regard furtif à l'arrière en direction du poursuivant :

— Il nous a rattrapés c'est bon… Je le largue dans la ligne droite après le Golf.

***

Intimidation…

— Non ! Vous ne pouvez pas m'obliger à faire ça !

— Ah bon ? Et pourquoi ?

— Je ne peux pas le revoir après tout ce temps pour lui infliger… C'est de la démence !

— Pierre…

— Je ne peux pas… Je ne veux pas… Pas comme ça…

— Ça peut sembler un peu brutal sur le moment, mais pensez à ce qui va suivre.

— Vous êtes folle.

— Je suis folle de lui.

— Il me déteste. Et il a raison.

— C'est en partie vrai. Mais j'ai plus d'un tour dans mon sac pour vous aider à prendre la bonne décision.

Le vieil homme la dévisage avec inquiétude. Elle expose la situation en déposant une enveloppe blanche sur la table :

— J'ai ceci pour vous aider à prendre une sage décision. Ça, c'est le bon choix. Je vous laisse le soin de juger.

L'homme usé, se saisit de l'enveloppe et l'ouvre affichant un air sceptique. À l'intérieur, une épaisse liasse de billets.

— J'en veux pas de votre pognon.

— 3 000 €… Pierre… Ne m'obligez pas à être plus convaincante.

— Dégagez de chez moi !

— Laissez-moi vous brosser le tableau. Les médias… Un père ayant abandonné son fils, vivant dans le même département depuis des décennies. Refusant de le voir. Un sujet sympathique dans la presse locale. Puis que dira Gabriel lorsqu'il apprendra que je vous ai retrouvé et que vous m'avez flanqué à la porte. Enfin…

— Qu'est-ce que… ?

— Je n'ai pas terminé Pierre. Enfin, un accident est vite arrivé, Monsieur Moreno…

— C'est une menace ?

— Une menace, un conseil, un avertissement. C'est vous qui voyez. Mais gardez en tête que si je dois vous broyer pour arriver à mes fins… Je le ferai sans hésiter.

— Laissez-moi réfléchir… Je… Euh… Vous êtes une malade…

— Je suis désolée que notre relation débute sous cet angle. Pourtant, il paraît que je suis une fille adorable. J'espère que vous aurez l'occasion de vous en rendre compte…

***

La proposition…

Très concentré sur le vaste bureau en verre autour duquel il a organisé toute sa vie, il griffe les rapports de sa signature. C'est sa manière à lui de distiller son pouvoir fraîchement acquis. Quelques clics sur son ordinateur portable pour vérifier ses e-mails et organiser sa semaine. Il est tard, mais il n'est pas du genre à compter ses heures. Surtout depuis le soutien de la mairie. Avec ce projet du port, c'est un peu sa carrière qu'il tient entre ses mains. Il y aura forcément, un avant et un après. Il se plonge d'autant plus dans la tonne de boulot qu'il lui reste à abattre ce soir.

On toque assez distinctement. La porte s'ouvre. Il n'a pas le temps, il ne veut rien savoir. De sa main, il fait un geste pour rester seul. Personne ne va l'importuner ce soir. Sans même prendre le temps de lever les yeux et de porter un regard en direction de son interlocuteur. Son autorité est bien suffisante. Il garde la tête dans le guidon pour se plonger davantage dans ses tâches. Il ne remarque pas la porte qui se referme.

Ni le bruit des talons aiguilles piquant légèrement le sol en arrivant vers lui. Ni le déhanché sensuel quand elle s'approche du bureau. Les dossiers sont écartés délicatement, et elle s'assoit sur le rebord. Là, tout près de lui. Elle croise les jambes délicatement, faisant chuchoter avec volupté, ses bas noirs. Ses cuisses croisent alors le regard de Fred lorsqu'il se détourne des rapports qu'il était sur le point d'approuver. Il fixe du coin de l'œil la jupe fluide qui laisse apparaître un galbe superbe.

Le stylo est déposé minutieusement. L'ordinateur portable, refermé avec soin et écarté sur l'angle du bureau. Il pince ses lèvres face à elle, en la dévisageant. Au fond des yeux, l'étincelle qu'elle admire chez lui. Celle qu'on a lorsqu'on a faim. Assoiffé de la vie. À la recherche du moindre plaisir. Son visage franc s'illumine. Elle sourit en retour. Il s'incline vers elle, l'enlace tendrement. Profitant de l'incroyable douceur soyeuse du chemisier champagne. La respiration devient plus forte. Les lèvres se frôlent. Puis s'entrouvrent et se savourent dans leur souffle suave. Un bouton, puis un autre. Leurs corps se dévoilent, la poitrine se découvre. Puis c'est la jupe qu'il remonte lorsqu'elle penche sa tête en arrière pour apprécier ce cinq à sept. Les cheveux blonds se balancent et s'étendent sur le bureau. Au milieu des dossiers et des rapports. Elle s'offre à lui.

Lascive, elle se courbe en le dévorant des yeux. Une main sur sa nuque, l'autre maintenant en appuie sur le bureau. Il lui agrippe la cuisse pour la relever bestialement. Elle joue le jeu et se tient fermement pour mieux ressentir. Consumé par la chair, il accélère. Des coups de hanche frénétiques les emportent dans un brasier de plaisirs. Les veines enflent. Les corps se crispent. Un souffle exalté sonne la fin de la récréation. Elle redescend sa jupe. Il la dévisage encore de cette étincelle espiègle. Heureux d'avoir pu profiter de la surprise qu'elle vient de lui faire. Tout en l'embrassant, il lui murmure :

— Sophia… Je ne sais pas si c'était joué… Et ça me gêne pas… Mais si c'est le cas… Je t'ai trouvé très douée…

— Merci… Mais tu sais… Je donne des cours de théâtre. Je suis pas une actrice porno.

Elle dégaine une cigarette de son sac et l'allume en défiant du regard détecteur incendie fixé au plafond. Elle lâche une énorme bouffée en souriant :

— Je peux ?

Alors qu'il se rhabille, il ricane ;

— C'est un peu tard pour demander, tu crois pas ?

D'un signe de la main, elle lui demande de se rapprocher. Elle penche la tête comme une enfant qui voudrait confier un secret, puis elle poursuit :

— Tout le monde joue un peu. Tu sais… La vie est un jeu…

Il se poste devant elle et pose les mains sur ses hanches. Son visage prend soudain un air plus grave.

— J'aurai peut-être un job pour toi…

***

Le contrat…

Dans le cendrier, elle se consume lentement. Une légère ligne blanche se tisse au-dessus de la table de la cuisine. En portant la cigarette à ses lèvres, elle referme proprement l'enveloppe blanche face à elle. On sonne à la porte d'entrée. Elle écrase le mégot. Puis ouvre la fenêtre en grand pour aérer.

Sur le pas de la porte, elle se retrouve face à cette jeunesse fraîche. La blondeur candide qui respire l'innocence. Le teint léger et sain. Des courbes élégantes qu'elle tente de cacher derrière un pull caramel et un jeans faussement usé. Un sourire efficace, une poignée de main franche et cordiale. Enfin, elle entre.

Toutes deux s'installent autour de la table de la cuisine. Un café proposé immédiatement, et refusé par politesse. La jeune femme souhaite entrer dans le vif du sujet sans attendre.

— Je suis la copine de Frédéric.

— Oui Sophia… Fred m'a parlé de toi… C'est justem…

— Voilà, je sais que vous avez passé une annonce… Vous avez d'autres candidats ?

— Oui j'en ai vu d'autres. Fred m'a dit que tu étais plutôt douée.

— C'est gentil. Mais il n'est pas impartial… Je couche avec…

— Il me l'a dit. Enfin… Que vous… Étiez ensemble… Tu peux me tutoyer. Appelle-moi Delphine.

— OK, oui. Tu recrutes encore ?

Delphine penche alors la tête pour examiner la candidate des bottines jusqu'aux cils en souriant :

— Oui, mais mon choix est presque fait en réalité.

— De quoi s'agit-il alors ? Fred n'a pas su m'expliquer.

Delphine pousse la première enveloppe blanche vers Sophia. Un instant de flottement. La jeune recrue hésite. Delphine l'encourage :

— Ouvre… Elle est là pour ça.

—… Il y a combien là-dedans ! ?

Delphine quitte sa chaise. Tout en s'éloignant, elle indique :

— Ce n'est que la moitié. Pour débuter. Le reste, lorsqu'on a terminé.

— Mais que faut-il faire pour une telle somme ?

— Je reviens, reste là.

Quelques secondes s'écoulent avant qu'elle ne revienne en bas des escaliers. Dans la main de Delphine une enveloppe en papier Kraft qu'elle vient plaquer vigoureusement sur la table.

— Tout est là Sophia.

***

Repérage…

Une fois la dernière bouchée de son burger avalée, elle froisse le papier gras qui lui servait d'emballage. Pour en faire une boule qu'elle glisse dans son sac à main. Un œil sur sa montre, juste pour vérifier. Elle en profite pour rassembler les affaires disposées à côté d'elle. Un sac de sport dans lequel elle replace un pull noir, un pantalon à pince, des mocassins, un polo bleu ciel, une serviette de bain. Les pieds dans le sable, adossée à un rocher elle est seule face à l'eau et l'écume paisible. Elle attend. Patiemment. Elle admire la côte et plus particulièrement la crique surplombée par la falaise. Bercée par le vent et les vagues dociles qui recouvrent les rochers à marée haute. Au loin, une silhouette sort enfin de l'eau en direction du rivage. Pour se rapprocher lentement et remonter jusqu'à elle. Delphine songe un instant à cette combinaison noire qui avantage particulièrement le physique du plongeur.

Une fois le masque de plongée retiré et rincé, il ôte sa tenue en néoprène pour se sécher rapidement. Elle le contemple alors qu'il s'habille. C'est à ce moment qu'il lui révèle :

— T'avais raison…

— C'est profond ?

— Oui… J'aurais jamais cru…

— Combien ?

— Je dirais… 5… 6 mètres

Alors que Delphine dégaine un petit carnet pour y noter les informations glanées, il demande inquiet :

— Tu es sûre de ton coup Delphine ?

— Fred… On est jamais sûr de rien…

— Tu n'as pas peur que ça tourne mal… Une hypothermie par exemple ? Tu as pensé au moindre détail.

— L'hypothermie est loin d'être ton premier souci quand tu immerges ton corps en eau froide. D'abord, tu as le choc thermique. Ton cœur s'emballe, tu sur ventiles après avoir eu le souffle coupé par la surprise. Là tu risques la noyade. Tes muscles se raidissent. Mais tu multiplies tes mouvements pour garder la tête hors de l'eau. Ton corps lutte et tes forces t'abandonnent en quelques minutes. Et c'est seulement après ta perte de motricité, qu'au bout de 20 à 30 minutes, tu commences à souffrir d'hypothermie… Et ça… C'est quand tu as un gilet de sauvetage. Parce que tu restes presque immobile. C'est d'ailleurs lorsque tu commences à nager que tu précipites ton corps dans l'hypothermie. Un bon nageur atteint l'épuisement au bout de 1 000 mètres dans tous les cas. L'important c'est d'avoir à proximité le nécessaire pour les premiers soins si ça tourne mal.

Stupéfait, il la dévisage sans masquer son effroi

—…

— Jusqu'au collapsus après le sauvetage, j'ai potassé le sujet sur le bout des doigts. Tu vois que je suis calée !

— T'es une grande malade en fait !

— Tu me connais… Je vais au bout des choses.

—Tu penses qu'il va le faire ?

— Pour moi… Je crois oui… Enfin, j'espère…

***

Étude de cas…

Sur la table de la cuisine, la tasse de café en verre est en train de refroidir. Abandonnée à côté du bloc note sur lequel la bille du stylo roule rigoureusement le long du quadrillage. C'est en élève appliquée qu'elle consigne les informations vitales issues de la réunion du jour. Elle termine sa prise de note avant de matraquer à nouveau de questions.

— Tu me dis qu'il est renfermé sur lui. Il se confie encore à toi ?

— Il ne m'a jamais rien caché. Enfin, je crois… Je sais qu'il a du mal à mettre des mots sur tout ça. Surtout depuis quelques semaines…

— Il est agressif depuis qu'il a… "changé" ?

— Pas vraiment agressif… Il est irritable. Surtout résigné… Je sais pas comment dire… Je le supporte plus…

— Avant c'était le dominant dans ton couple ?

— Non. En fait… Oui… Euh… Je suis pas sûre. On… Il… Il m'a toujours laissé la place pour qu'on soit sur un pied d'égalité. En je le vois comme ça.

— Au lit ? Il a des pulsions ? Il est plutôt bestial ? Violent ?

— Des pulsions ? C'est tout le contraire. Le désert. On ne fait plus grand-chose depuis…

— Tu penses qu'il a pu avoir une maîtresse ?

— Vu son état… Je ne pense pas. Je ne sais pas.

— Comment réagit-il face à la violence ? Face au danger ?

— Je ne l'ai jamais vu vraiment énervé, ni vraiment terrifié… En fait ni même vraiment en danger. Je ne peux pas te dire.

— Il a une arme, un fusil, un revolver ?

— Oui… Je crois… Un pistolet qu'il garde depuis des années dans une boîte…

— Il faut que tu me montres la boîte… On ne prend aucun risque.

En face, elle continue de griffonner à toute vitesse sur le calepin avant de poursuivre :

— Il a des phobies ? Des peurs ?

— Je sais qu'il a peur de l'eau. Que le froid l'angoisse… Je ne sais pas pour les phobies…

— S'il devait te perdre par exemple. De manière brutale ?

— Je crois que… J'imagine qu… J'en sais rien du tout.

— Je veux connaître son tempérament… Si ta vie est en danger, tu penses qu'il réagirait comment ? Plutôt dans l'action ? Dans la réflexion ?

— Je ne l'ai jamais vu vraiment face au danger. Mais j'imagine que jusqu'à un certain stade il sera dans la réflexion… Avant que ça dépasse ce qu'il peut tolérer. Sophia… Ça ne va pas vraiment t'aider…

— Tout est important. Le moindre détail.

— J'ai l'impression de ne pas avoir de bonne réponse à te donner…

— Delphine, je risque de le pousser hors de sa zone de confort. On va le violenter. Le choquer. Il va être secoué. Brusqué. Il va perdre le contrôle. Il me faut savoir comment il peut réagir. Je dois tout envisager.

— C'est un faux calme. Je sais qu'il est très nerveux. Qu'il peut être très vif.

— OK. Méfions-nous de l'eau qui dort…

— Mais tu parles de danger… ?

— À ce propos… Je te le demande… Tu as conscience du risque… ? Jusqu'où tu veux aller ?

— Jusqu'au bout. Ça, j'en suis sûre… Jusqu'au bout…

***

Hystérie méthodique…

Dans son peignoir et pieds nus au milieu de la chambre à coucher, elle observe autour d'elle en silence. Une seconde immobile avant d'entamer une danse enragée. Elle bondit au-dessus du lit, se précipite contre le mur pour y arracher les cadres avec colère. Des éclats de verre au sol. Les lampes de chevet dont elle s'empare avec démence. Lancées à ses pieds pour les éclater. De fureur elle abîme les tables de nuit. Le réveil qu'elle percute contre le mur se disloque. Elle est déchaînée. Elle en brise le lustre. Puis elle s'occupe du lit pour essayer de le casser dans son délire. Tout se calme. Elle a bien joué le jeu. Elle est satisfaite. Il ne lui reste plus qu'à se jeter contre les murs comme une marionnette. Se tamponner, se marquer, s'écorcher. Pour se blesser largement les bras et les jambes dans l'agitation. Elle se griffe les poignets, les cuisses. Le visage aussi. Elle saigne. C'est bien. Elle observe à nouveau en silence la pièce totalement délabrée. C'est même très bien. Elle distingue le son de la porte d'entrée en bas. Elle commence à chercher ses larmes. Tout juste le temps de se dévêtir.

***

La traque…

Le téléphone est sur haut-parleur. Mais ce n'est pas une conversation. Plutôt le monologue d'un fichier MP3. "Treat Me Like Your Mother", que les Dead Weather jouent en live. Les rifts de guitares résonnent dans la pièce. Elle bouge en rythme. Les éclats de batterie frappent contre les murs. Elle marque le tempo en tapant du pied. Le refrain arrive. Elle se trémousse en cadence. Elle balance la tête en savourant la cigarette du travail bien fait. Une punaise sur le dernier cliché. Un nouveau pan de mur terminé. Sur la photo qu'elle admire avec satisfaction, on y voit Gabriel qui regarde dans le vide. Les traits marqués. L'air renfrogné. Elle porte le bout de la cigarette contre le papier et brûle le visage du cliché volé. La matière se consume. Dévorée par les bords. La figure angoissée disparaît dans un trou fumant.

Quelques pas en arrière pour prendre du recul. Des dizaines de photos placardées rien que sur ce mur. Elle est au milieu de la pièce dont elle vient de tapisser les cloisons de centaines d'images. Gabriel dans tous ces états. Mais aussi Fred et Delphine. Un petit peu partout dans Royan. Elle attrape un marqueur rouge sur la commode et poursuit son travail. Juste à côté, sur le plan de la ville, elle vient y griffonner des signes, des croix. Entourer des quartiers. Noter les trajets. Les endroits stratégiques.

La porte de la chambre à coucher s'ouvre. Elle y entre pour la rejoindre.

— Très impressionnant.

— Oui ! Tu trouves aussi ? 'Faut que ça ait un petit peu de gueule.

— Tu m'avais caché tes pulsions de psychopathe...

— Delphine... Je suis une femme pleine de ressources !

— Ah ah ! On dirait vraiment une enquête de plusieurs mois. Je suis bluffée ! Le souci du détail. Tous ces chiffres inscrits partout... Beau boulot.

— Ça va faire son petit effet... Fais-moi confiance.

***

Illusion...

Sur la commode, le tintement des munitions qu'elle retire de l'arme. Le geste est sûr. Le barillet se vide. Un sourire de satisfaction lorsque sa main experte dépose le revolver juste à côté. Dans son dos, en bruit de fond, on entend l'eau couler. Elle s'éloigne alors de l'arme. Pour avancer vers la salle de bains. Sur le pas de la porte, elle examine Delphine un moment. Son regard émeraude planté dans le miroir. Sa chevelure brune légèrement ébouriffée. Puis elle la rejoint et passe dans son dos. De là, elle peut sentir l'eau de toilette qu'elle porte au creux de son cou. Elle déboutonne le chemisier couvert de sang en ouvrant largement le décolleté de Delphine. Complices, elles s'observent silencieusement dans la glace. Un échange de sourires. Toutes deux, très heureuses des premiers résultats. Les yeux turquoise de Sophia se posent sur la poitrine blanche dévoilée par la chemise maculée. Un trou dans le tissu. Le satin poisseux, saturé par le sang. La fibre brûlée. Un véritable chef-d'œuvre. Du bout des doigts, Delphine tâte son décolleté sans trop oser appuyer. La blonde sourit.

— Je te l'avais dit. Tu n'as pas souffert ?

— Non. C'est incroyable…

— Admire le trou. Il est superbe… C'est pour ça qu'il faut l'entailler finement juste avant.

— C'est bluffant.

— On va jeter un œil aux dégâts sur ta peau.

Sophia décolle minutieusement le sparadrap qui maintient la petite platine en acier sur la peau de Delphine. Le morceau de métal est noirci par la poudre. Elle n'est pas déformée. Si tout s'est bien déroulé, l'épiderme est censé être intact.

Delphine se confie pendant l'opération réalisée sous silence :

— J'ai senti l'impact. C'était puissant. Mais je n'ai rien. Je n'ai pas mal.

Sophia ne relève pas. Elle n'a qu'une idée en tête : retirer le dispositif sans l'abîmer pour pouvoir s'en resservir. Elle s'attelle à récupérer le fil reliant la plaque à la commande qui sert à déclencher le tout. Enfin, elle enlève les poches de sang fixées au niveau des seins. Sophia prend alors un ton plus sérieux pour délivrer ses derniers précieux conseils :

— Les balles à blanc font exactement le même bruit que les munitions classiques. On s'en sert pour le cinéma et le spectacle. Tu vois comme la platine en acier est noire ?

— C'est la poudre ?

— Exactement. C'est l'explosif qu'on place sur ta poitrine. Il te procurera un choc suffisamment fort pour y croire toi-même. Si tu synchronises le geste avec la détonation, l'illusion sera parfaite. Par contre si tu oublies de mettre la platine, au mieux tu es brûlée. Au pire tu as un trou dans la peau... Ne plaisantes pas avec ça.

— C'est bien noté. À propos... J'étais bien synchro ?

— Oui, c'était pas mal du tout !

— Mourir et se relever… C'est très étrange de se faire tirer dessus.

— Je crois que tu es prête…

— Merci pour tout Sophia.

***

Bon de commande…

http ://www.ekip-ment.net
Equipe les particuliers et les pros.

Mme Delphine MORENO
Boulevard de la côte d'Argent
17000 Royan

N° Commande 1610h01280

- Boîte de 50 cartouches CONCORDE 9mm-
  .380RK   à   blanc
  Qté 1 Prix 15,90 €

- Gilet de sauvetage 4WATER Crozon 150n
  Flottabilité   150n   +50kg
  Qté1   Prix   23,90 €

- Trousse de premier secours Marine étanche
  CarePlus
  Compresses - Chlorhexidine - Coussin
  hémostatique - Bande crêpe - Bande
  Autoadhésive - Pansements - Gants d'examen
  - Couverture de survie
  Qté 1 Prix 29.90 €.

- Talkie Walkie Motorola CP040 4 canaux UHF
  /   VHF
  Qté 1 Prix 230,50 €

- Impact balle Simulation D80-2 Modèle corporel   -   Certification   k4
Qté 3 Prix 90,30 €

- Platine Impact balle corporel cinéma - Épaisseur   4mm
Qté 1 Prix 29,90 €

Sang   Visc.   Normal   Clair   60 ml   (x2) Lot de 2 flacons - Écoulement normal / blessure fraîche
Qté 3 Prix 47.90 €.

CHAPITRE 9

La lettre...

Essoufflé. Épuisé. Les muscles endoloris. Entre ses mains meurtries par le froid, le papier kraft humide qu'il vient de déchirer. Ce foutu paquet pour lequel sa femme est morte. C'est tout ce qu'il lui reste à présent. Une maudite enveloppe dont le contenu, de toute évidence, ne vaut pas ce qu'il vient d'endurer. Les lambeaux de Kraft brut s'envolent le long de la page en roulant sur le sable. Gabriel découvre enfin la lettre. Le papier ondule dans le vent :

159 000. 159 000. 159 000... 159 000 personnes meurent en moyenne chaque jour à travers le monde. Avant-hier 159 000. Hier 159 000.

Aujourd'hui 159 000. C'est vrai pour demain et tous les autres jours aussi. C'est ainsi. On ne peut rien y faire. Ceux qui décèdent dans des hôpitaux. À la suite d'un accident. Succombant à une maladie incurable, ou une infection qui les dévore de l'intérieur. Ceux qui souffrent en silence, les gens dans le coma. Ceux qui meurent sur le coup. Dans un règlement de compte, un carton en voiture, un accident domestique. Les électrocutés, les noyés, les torturés, les morts programmées. Les décès brutaux. Les erreurs de parcours. Les erreurs médicales. Les agonies lentes. Des vieux. Mais aussi des parents, des étudiants, des enfants, des bébés, même des mort-nés. Des gens brillants. Des gros nazes. Ceux qui ne l'ont pas volé. Puis ceux qui n'ont rien demandé. Des destins brisés. Des carrières qui s'arrêtent. Des regrets. Tellement de regrets. 159 000 personnes viennent de perdre à la grande loterie de la vie. Autant de personnes qui auraient tout donné pour vivre un jour de plus, une heure de plus. Pour en profiter rien qu'un peu. Pour eux, il n'y a plus rien à espérer aujourd'hui. Les proches vont se morfondre. Ils vont en baver. La partie s'arrête pour ces gens-là. Gabriel, qu'en est-il de ta partie ?

Il y a dix ans maintenant, je suis tombée éperdument amoureuse de toi. Je crois que j'ai craqué pour ta sincérité, ton intégrité. Ton engagement dans l'instant présent. Tes pieds bien sur terre, et la tête suffisamment dans la lune pour pouvoir me séduire. Pour tout ce que tu es, pour toutes tes qualités j'ai craqué. Et tu as fait battre mon cœur sur un tempo nouveau. Un regard de toi et je vibre. Un geste et j'arrive. Un mot et je respire. Tu es fabuleux, authentique et bien plus de choses encore. 10 ans que je me laisse bercer par notre amour. Des années sublimes à tes côtés durant lesquelles je pouvais me sentir vraiment Moi. Je n'ai jamais rien connu d'aussi fort. Je n'ai rien connu d'aussi beau. Si tout doit s'arrêter, alors je ne veux rien connaître d'autre. Au moins, j'aurai Aimé.

Gabriel, tout s'est installé de manière tellement vicieuse. En silence. Comme un virus. Je n'ai pas vu le moment exact où tu as basculé. Je t'ai seulement regardé sombrer. Totalement impuissante face à ton désespoir. Te voir te renfermer sans trouver les mots. Ressentir ta souffrance sans pouvoir te venir en aide. Assister à ton éloignement et à ton égarement sans savoir quoi faire. Combien de fois je t'ai vu physiquement à mes côtés, mais je te sentais tellement ailleurs. J'aurai aimé que tu me dises comment faire. Quoi faire ? Pour retrouver et sauver l'homme que j'aime. Au lieu de te voir plonger chaque jour un plus dans l'angoisse. Au lieu de te voir te détruire. Au point d'en vouloir finir avec ta vie. Au point de vouloir renoncer à notre vie. Totalement désœuvré et seul à l'intérieur… Ça, je ne pouvais pas le supporter.

Gabriel, aujourd'hui tu m'as vu mourir. Tu as pleuré ma mort. Tu as conservé une enveloppe Kraft au péril de ta vie sans savoir pourquoi. En me faisant simplement confiance. Tu as défié la mort à près de 200 km/h. Toi qui roules comme un vieux. Tu t'es battu comme un lion. On t'a torturé. Tu as résisté. Tu as souffert. Tu as tenu bon. On a voulu te casser la figure. Te noyer. Te saigner.

Tu as appris que j'étais enceinte. Que tu allais être père. Alors que tu n'y croyais plus. Tu as revu ton père. Tu as certainement voulu lui faire la peau. Tu as découvert jusqu'où pouvait aller Fred. Ce que valait vraiment votre amitié.

Tu as sans doute sauté dans l'eau glacée depuis une falaise. Plongeant dans les vagues rien que pour moi. Tu aurais pu mourir dans les vagues mais le risque était maîtrisé.

Je t'avais prévenu… "Je vais pas assister impuissante à ta descente aux enfers."

Te redonner le goût de vivre. Redéfinir le sens de tout ce qu'on a vécu. T'offrir un second souffle. Un nouvel angle de vue sur ton existence. Te secouer. Te secouer vraiment. Avec une expérience de vie capable de réveiller en toi ce qu'il y a de meilleur. Te permettre de dresser une nouvelle échelle des priorités. Trouver le déclencheur qui va te faire avancer. L'étincelle qui va te libérer de tes angoisses. J'ai tout imaginé. Mettre sur pied un contexte qui révélera qui tu es réellement. Qui te dévoilera que tu m'aimes autant que je t'aime. Une sorte de "plan" organisé avec amour pour que je puisse enfin te retrouver.

"Inséparables". C'est ce qu'on se disait toujours. C'est que tout le monde disait de nous. À longueur de temps. C'est ce qui définissait le mieux notre couple en fusion. C'est le dernier mot que j'ai prononcé dans le salon. Parce qu'on ne pouvait pas vivre l'un sans l'autre. Comme ces oiseaux qui portent le même nom. Tu sais les Fishers Blues qu'on voulait tant s'offrir ? Ils ne peuvent vivre qu'en couple. Tu te souviens de la légende ? Si l'un des oiseaux meurt, le second se laisse mourir à son tour. Toute la poésie autour des inséparables prend son sens lorsque tu repenses à toutes ces plumes turquoise. Devant la porte, dans la voiture, dans la cuisine, dans le sac plastique et j'en passe. À chaque fois que j'ai pensé à toi, une plume. À chaque fois que je l'ai fait pour toi, une plume. Déposées comme pour te mettre sur la piste.

Je ne sais pas si tu réalises que le plus beau reste à venir. Car je suis ton 3e cadeau Gabriel. Je suis juste derrière toi.

Bon anniversaire. Je t'aime.

CHAPITRE 10

C'est cette larme qui vient s'étaler sur le papier. Petite perle qui floute en partie les derniers mots de Delphine. Celle qui marque la fin de la lecture. Comment est-ce possible ? Comment a-t-elle fait ? Comment ? La lettre lui échappe des doigts, s'envolant sur la plage. La feuille roule au gré des souffles salés qui lèchent le littoral. Gabriel se retourne en direction des terres. Dans les lueurs rasantes de l'aube, il distingue la coiffure noire qui danse dans le vent.

Elle tient une imposante trousse de secours rouge. Calé sous son coude, un gilet de sauvetage. Elle semble parler dans un talkie-walkie. Elle avait absolument tout prévu. Le sourire aux lèvres, Delphine avance sur le sable dans sa direction. C'est à genoux qu'elle ouvre ses bras pour l'enlacer tendrement. Il s'y réfugie, terrassé par l'émotion. Ses poumons exaltent le soulagement. Sur ses joues glacées roulent les larmes de retrouvailles improbables. Cette sensation invraisemblable oscillant entre le bonheur retrouvé et la douleur des épreuves traversées.

Il ressent la chaleur de la poitrine de sa femme. Ce corps si familier qui réchauffe son visage meurtri par l'océan. Puis les mains délicates de Delphine glissent dans les cheveux trempés. Pour le rassurer, le dorloter. Le cajoler avec ce soupçon d'instinct maternel. Un tendre baiser sur son front déclenche un frisson amoureux. Elle lui demande pardon pour tout ça. Mais il ne l'entend pas. Elle est en vie et c'est tout ce qui compte. Elle attrape alors la main blessée de Gabriel et la place en douceur sur son ventre chaud. Un instant superbe penché sur l'avenir d'un enfant merveilleux. De l'amour. Tellement d'amour. Au creux de l'oreille, elle susurre finalement :

— Viens, une nouvelle vie nous attend.

Kraft.

*La porte du bonheur est la possession d'un trésor,
la voie qui mène au trésor est la peine qu'on y prend.*

ABU SHAKOUR (Xe siècle)

CE QUE J'AI À TE DIRE...

Je veux simplement te remercier. Lorsque j'écris je me sens vivant. Mais c'est lorsque tu me lis que j'existe vraiment. Quand tes yeux se posent sur mon univers et que tu traverses mes histoires. Tes pupilles sur ma prose, c'est déjà une sacrée victoire. Là, tous mes efforts prennent un sens nouveau. Depuis le temps que je pense à toi. À te connaître. À te cerner. À t'apprécier. Durant mes nuits en solitaire à user le clavier... En fumant cette cigarette dans l'obscurité... Lorsque j'améliorais mon texte en défiant le temps, c'était encore et toujours pour toi. À travers ton téléchargement, je suis en vie. J'espère que mon style et mon approche te parlent. J'aspire simplement à t'ouvrir ma porte. A une belle rencontre. À ce que nous ne fassions qu'un à travers les livres. Ta confiance en échange de mes écrits en quelque sorte. Notre histoire ne fait que débuter. Je vais continuer à écrire. Encore et encore. C'est à toi maintenant de faire vivre ce texte. En le partageant avec les gens que tu aimes.

DU MÊME AUTEUR

Un Jour d'avance

À l'aube de l'enterrement de son frère, Elise traverse une période délicate. Elle est particulièrement sensible, à fleur de peau, dépressive et sous traitement médical. Son couple touche le fond. Elle assistera aux funérailles seule sous la contrainte de sa famille et prendra le train pour la rejoindre à Nice. À bord du convoi, sa vie bascule, un terrible accident menace le destin de centaines de voyageurs et elle est la seule à pouvoir tout arrêter. Elle tentera l'impossible pour éviter le pire. L'accident va la placer au centre d'une enquête palpitante dans laquelle tout l'accable : sa personnalité, ses troubles de l'humeur et les faits orientent l'investigation dans une course endiablée vers la vérité. Une mise en lumière entre intrigue intense, suspense viscéral et rebondissements savoureux. Lorsque les évidences nous mènent en bateaux, lorsque les signes ténus sont laissés pour compte, lorsque les faits s'effacent sous le poids des doutes, le piège se referme mais il est peut-être trop tard…

BIOGRAPHIE

Je suis un souffle créatif. Je suis un enfant de l'image. Un héritier de la technologie. Et un fervent défenseur de la liberté de créer. Je suis un rebelle, mais je ne lance pas de pavé. Je suis un auteur indépendant. J'ai fait le choix d'être un auteur libre. J'ai foi en l'humanité. Mon écriture est accessible. J'assume. Je vis de mes choix. J'écris pour être lu. Pour me mettre à nu. J'écris pour être Moi. Pour engendrer des intrigues acérées. Des machinations implacables. Tout simplement pour me faire plaisir. J'adore travailler la tension. La vitesse. Le souci du détail. J'éprouve un plaisir étrange à échafauder des fins stupéfiantes. Je jubile à l'idée de manipuler l'esprit, au moins un peu. Pour moi, la plume est un moyen de m'ouvrir et de me connecter au monde. D'entrer dans les vies, dans les foyers, dans les discussions et dans les cœurs tout en repoussant les limites de mon imaginaire. Il n'y pas de plus beau métier.

Auteur de "Un jour d'Avance", premier thriller s'imposant à la 6eme place des meilleures ventes Amazon quelques mois après sa sortie.

Bienvenue dans mon monde :

http://www.matthieubiasotto.com

12559273R00111

Printed in Poland
by Amazon Fulfillment
Poland Sp. z o.o., Wrocław